魔幻偵探所

39

奔跑的石頭

關景峰 著

新雅文化事業有限公司
www.sunya.com.hk

魔幻偵探所

人物介紹

南森

身分：魔幻偵探所創辦人、領頭羊

年齡：120歲

畢業學校：斯塔福德學院（伏魔系）

學位：博士

捉妖經驗：108年，獲得「捉妖能手」、「怪獸剋星」等稱號

性格：遇事鎮定、善於思考，生氣時聽到幾句好話氣就消了

最具殺傷力的武器：
顯形粉、綑妖繩、無影鋼鐵牆

海倫

身分：魔幻偵探所成員，南森的得力助手

年齡：13歲

畢業學校：劍橋大學（法術系）

學位：學士

捉妖經驗：1 年

性格：開朗、逢事觀察細緻，吵架時總讓着本傑明

最具殺傷力的武器：綑妖繩、凝固氣流彈

本傑明

身分：魔幻偵探所實習生

年齡：11 歲

就讀學校：牛津大學（捉妖系）

捉妖經驗： 3 個月

性格：聰明淘氣、遇事毛躁

最厲害的戰術：非常規戰術

派恩

身分：魔幻偵探所實習生

年齡：10歲

就讀學校：倫敦大學魔法學院
（反幽靈技術系）

捉妖經驗：1個月

性格：聰明活潑，非常好勝，有時候喜歡誇誇其談

保羅

身分：魔幻偵探所機械狗

年齡：100 歲

工作能力：無所不知的電腦資料庫，善於用百分比分析事物

性格：異想天開、調皮、懶惰

最喜歡的食物：潤滑油

最具殺傷力的武器：追妖導彈

特級裝備

綑妖繩

能夠對準魔怪迅速旋轉收縮，將它綑緊綁實，繩子一旦落到魔怪身上，就像嵌入肉裏，魔怪越掙脫綁得越緊，當然放繩子時可要放得準才行。

無影鋼鐵牆

這堵牆其實就是氣流，它把氣流變成了無影無形的鋼鐵牆壁，能將敵人困在其中，衝不出去。

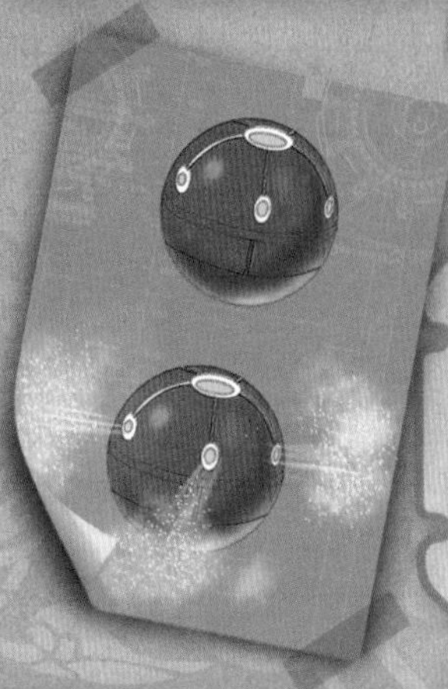

顯形粉

這是一種非常神奇的粉末，即使魔怪偽裝、隱形了也完全能顯現出它的原形。對了，「顯形」就是「現出原形」的意思！

裝魔瓶

能把魔怪收進裏面，使其在三天內化成清水的神奇瓶子。即使魔怪身形再龐大，也能收進瓶內。

幽靈雷達

能夠準確測定氣流存在的方位，並及時發出警報的裝置。它能跟蹤、測定魔怪在哪裏。不過，如果魔怪的魔力非常強，幽靈雷達有時候也可能測不到，它的更強大的功能還有待你去改進！

追妖導彈

能夠自動尋找魔怪，進行智能追蹤的導彈，這種導彈威力比較大，一般魔怪根本抵抗不了。

魔幻偵探開始行動！

目錄

第一章　挪威來客

在上午的魔幻偵探所裏，一個非工作狀態下日常的場景，海倫在廚房忙，一邊忙一邊和保羅説着話。客廳裏，派恩正在桌子前看電腦，他當然不是在學習或研究什麼，他在電腦上看卡通片，一邊看還一邊笑。而本傑明，則歪倒在沙發上捧着一本漫畫書，也看得津津有味。

南森在實驗室裏，他最近極少娛樂，除了給這幾個小助手上課，基本就是在實驗室裏，不是弄那些瓶瓶罐罐，就是調試電子設備，他一直都停不下來的。

「派恩——」海倫的聲音從廚房裏傳出來，「快幫我把咖喱粉拿出來，我手沒空呢——」

「本傑明，你去。」派恩盯着電腦熒幕説，「我正忙着呢。」

「我也忙着呢好不好？」本傑明盯着漫畫書，「再説剛才兩次都是我去的。」

「哎呀——你可真懶——」派恩説着很不情願地站起來，向廚房跑去，他要去儲物櫃裏把咖喱粉拿下來給海倫。

「還說我懶。」本傑明皺皺眉，隨後一笑，站了起來，走到了派恩看電腦的地方。

派恩急衝衝地跑了回來，他着急看卡通片呢。

「看什麼呀？派恩。」本傑明笑着說，然後去抽派恩就要坐下去的椅子。

「卡通片呀。」派恩往下一坐，本傑明立即抽走椅子，等着派恩坐在地上，不過派恩突然停下，半蹲着看着本傑明，他似乎知道本傑明要做什麼，他太了解本傑明了。

「啊呀——」本傑明假裝驚奇，「椅子自己動了，真是奇怪。」

「少來。」派恩把椅子拉過來，穩穩地坐好，「你一走過來我就知道你要幹什麼。」

「好吧。」本傑明很是無奈地歪歪腦袋，隨後向沙發那裏走去，「越來越機靈了。」

「天天和你在一起，想不機靈都難。」派恩頭也不回地說。

本傑明走到沙發那裏，捧着漫畫書又看起來。這時門鈴突然響了。派恩當即跳起來。

魔幻偵探所

「我去開門。」派恩略微有些激動，「網上買的零食送來了，可真快——」

「拿零食動作就快了。」本傑明不屑地看了看派恩，隨後繼續看漫畫。

門打開了，派恩一愣，不是送貨的人，而是一個戴着船長帽，一身黑衣，腳穿雨鞋的人，明顯不是送貨的。他大概五十多歲，個子比較高大，紅着臉——也許本來就紅，一副飽經風霜的樣子，這人似乎有些靦腆，看到派恩，笑了笑。

「你好，請問南森博士是不是住在這裏？」來人用不很熟練的英語問。

「在的——」派恩做了一個「裏面請」的手勢，隨後轉身對實驗室那邊大喊，「博士——有個德國人找你——」

「挪威人。」來人連忙説，隨後把腳在門口的地上猛踩，確定腳上沒有泥，才邁進偵探所。

本傑明看到有人來了，也站了起來，那人看到本傑明，很有禮貌地點點頭，他一直保持着微笑。本傑明覺得這個人是個船長，起碼是個水手。

南森和海倫、保羅都從房間裏走出來，那人看到南

森，有點興奮。

「博士，這個……挪威人找你。」派恩看南森出來，立即介紹説。

「南森博士——」男人上前，彎腰致意，同時伸出雙手，「我叫貝蒙森，我從挪威來，挪威的曼達爾港，我很早就知道你了，見到你非常高興。」

「你好，我是南森。」南森也笑着説，「很高興認識你，你請坐……」

「噢，一股大海的味道。」保羅走到貝蒙森身邊。

「會説話的小狗——」貝蒙森本來要坐下，聽到保羅的話，更興奮了，他看着保羅，想把保羅抱起來，但是有些猶豫，「聽説過，聽説過，終於見到了。」

保羅明白他的意思，立即閃到了一邊。南森他們也都坐下，看着這個貝蒙森，不用多問，這個貝蒙森一定是有事上門求助的。

「我確實……從海上來……」貝蒙森終於坐下，他搓着手，「我們那裏離倫敦就隔着北海，我在北海上捕撈一船紅蝦和海膽，直接送到倫敦來了，報關報税，忙了半天，這船蝦和海膽算是進口到英國了，一般我們都是返航，捕撈物由進出口公司處理。之所以直接到倫敦來，是因為……我們那裏的人都説我腦子出現了問題，一直這麼説我都相信了，但是我確實看到那塊石頭在動，真的，確實看到了，我一會覺得我的腦子有問題，一會又覺得沒有……」

貝蒙森先生忽然像一個老婦人那樣，絮絮叨叨的，表情也極為不自信，但有些激動，而且大家都不知道他在説什麼。

「貝蒙森先生，你可以慢慢説，到底發生了什麼。」南森認真地説，他擺着手，讓貝蒙森的情緒穩定下來。

「我需要給他倒茶嗎？」這時，茶几説話了，「我距離他較遠。」

貝蒙森坐在沙發的另一頭，沒挨着茶几坐，所以茶几發出了詢問。

「你別説話，我給他沏茶了。」海倫走過來，她手裏端着一杯茶，放在貝蒙森身邊的圓桌上。

「你們這裏可真神奇。」貝蒙森看着會説話的茶几，從圓桌上端起那杯茶。

「你請……」南森看看貝蒙森，「你可以慢慢説，盡量詳盡一些。」

「我知道。」貝蒙森喝了一口茶，然後把茶杯放下，

「皮特，我是說在我們那裏超市工作的皮特，不是被石頭砸死的，是被石頭砸死的。」

「什麼？」海倫和本傑明一起叫了起來，「什麼不是被石頭砸死，又被石頭砸死？聽不懂呀。」

「啊，是這樣，我們那裏的皮特，被山上滾下來的石頭砸死了，警方檢測是這樣說的……」貝蒙森頓了頓，「可是我看見，是那塊石頭跳起來去砸皮特的，跳得很高，還追着皮特跑，最後把皮特砸死了，那石頭不是從山上滾下來的。」

「追着人跑的石頭，還把人砸死了？」派恩瞪大了眼睛，「這、這……」

「聽起來很不可思議。」南森看着貝蒙森，他感覺這個貝蒙森說話其實很認真，不過也許是有些情緒上的激動，或者是英文不是很好，說話略有些混亂，「你的意思是皮特被一塊石頭追着砸死了，而你是目擊者。」

「對。」貝蒙森用力點着頭，「就在我們那裏的斯維克山上，我家他家都住在山腳下。」

「你是怎麼看到皮特被砸死的？」南森問，他的語速加快了。

「那天是傍晚以後了，大概是一個月前，天有點

暗，我回家去，皮特家在距離地面三十多米的山坡上，我家距離地面六、七十米。有條小路一直蜿蜒到我家，我們那裏就住着四戶人家，我家住倒數第二高。」貝蒙森開始了回憶，「我沒有直接回家，路邊有棵大樹，那樹下很容易長出松蘑，很好吃，我去看了看，剛好有，我採了幾個，然後就聽見皮特的喊聲了，我嚇了一跳，躲在樹後望過去，看到一塊石頭跳起來砸中了皮特，皮特爬起來向家跑去，石頭追了幾步跳起來砸中皮特的頭部，皮特被砸死了，石頭還跳起來壓在他的頭上。我被嚇壞了，以為石頭就要來砸我，就跑進樹林了，逃回家後，和我太太説了這件事，她不相信。我緩了緩，大着膽子，拿了把魚叉，小心地下去看，結果看到救護車和警車，皮特死了，有個路過的鄰居看到死去的皮特，報了警，警察檢測説皮特被山上掉下來的石頭砸死了，因為周圍十幾米範圍沒發現任何別人活動跡象，皮特也從沒有得罪過什麼人，這點我也知道，但確實是那石頭跳起來主動砸死皮特的。」

貝蒙森一口氣把話説完，這次他敘述得還算是比較完整，條理也清晰。南森他們聽完，都沒有説話，會跳躍的石頭，還追着人砸，聽上去很是令人不解。

「所以你來這裏，是因為你覺得這是一宗魔怪作案事件，或者說那塊石頭是個魔怪。」南森認真地看着貝蒙森說。

「對，就是這個意思，所以才來找你。」貝蒙森連連點頭，「誰都不信我的話呀，後來我都有點懷疑我看到的是不是真的了。」

「石頭是怎麼追趕皮特的？」南森忽然問，「石頭有腳嗎？」

「翻滾着，沒有腳。」

「石頭能發出聲音嗎？」南森又問，「或者說，有沒有說話？」

「我離得遠，沒聽見。」

「你剛才說石頭砸死皮特後跳到他身上嗎？」

「是的。」

「那事發都一個月了，你怎麼現在才來？」南森非常嚴肅地看着貝蒙森說。

「我……」貝蒙森停頓了一下，臉變得更紅了，他搓着手，很是侷促，「皮特這人不錯，別人都說我愛財，只有他不這麼說，我們有時候還去喝兩杯，都是他付錢……我不想他就這麼死了，可是全都不相信我的話，的確，相

信了我的話，倒是奇怪了，我們以前確實有被滾落山的石頭砸死的人……警方調查後也說皮特是被滾落的石頭砸死的，可是那塊石頭追着他砸的畫面，我一直記得，這些天我越來越確定我沒看錯，可是這事只能找你們了，我就下了決心，來到你們這裏了。」

「你來的時候還做了一筆生意。」本傑明有些嘲弄地說。

「這個嘛……」貝蒙森低着頭，很是不好意思，「我心裏記着這件事呢，否則我也就不來了，你知道現在是漁汛期*，大家都在海上……」

南森已經拿過電腦來，他打開了一張挪威地圖，用手指着曼達爾港。

「你住在這裏？」

「是的。」貝蒙森說着指了指曼達爾港的西北邊，「這裏就是斯維克山。」

「明白。」南森看着地圖，若有所思地說，隨後，他忽然環視着小助手們，「我們要去一趟挪威。」

*漁汛期：某些魚類成羣出現在某一水域，有利於大量捕撈的時期。

小助手們還沒有反應過來，貝蒙森激動地站了起來。

「博士，你認可我了？太好了，我就説我沒看錯吧……」

「貝蒙森先生住的這個地方，在斯堪的納維亞山脈的最南端，是魔法史上有名的妖魔聚集之地，用聲音迷惑漁船船員並將他們殺死的水陸兩棲海妖，在陸上的居所就是這裏的高山上。」南森説。

「我知道，上課時老師説過。」海倫跟着説，「可是大概在十世紀左右，也就是一千多年前，這裏的各種妖魔都被清除了，當地的魔法師進行的，還請了蘇格蘭和瑞典的魔法師。」

「有一個漏網，就是隱患。」南森説着站了起來，「當時的魔法水準，和現在比有很大差距，如果清除不徹底，或是有別的遺漏，留到現在，就是問題……這是一個非常敏感的地區，我們要把情況摸清，哪怕白去一次，但是不能疏忽大意。」

「好的，太好了。」貝蒙森激動地揮舞着手臂，「可以乘我的船去，我們已經卸貨了，隨時都能開船回去，不到九百公里的距離，一天多就能到了。」

「噢，貝蒙森先生，我想我們還是去乘飛機吧。」南

森一本正經地說，「如果半路上遇到蝦羣，你是不是要停下來撈夠了才回去呢？」

「就是，我們也許還會成為免費的勞工呢。」本傑明喊着，「幫你撈蝦，我們可不會幹這個。」

「看你們說的，不可能的。」貝蒙森不好意思起來，「我剛才看過漁汛了，回去的路上沒有蝦羣。」

「就是說如果有蝦羣還是逃不過幫你捕蝦。」本傑明聳聳肩，一副無奈的表情。

「貝蒙森先生，你留下電話，現在就去港口，開船回去，我們訂最快的航班，我們在曼達爾港見。」南森想了想說，「我們的速度應該比你快，你儘快，千萬不要中途捕蝦什麼的。」

「我知道，我知道。」貝蒙森寫下兩個號碼遞給海倫，「隨時保持聯繫，我的電話在海上也可以接到，我們的船有衞星電話系統，另一個電話是我太太的，到了以後她會接待你們，我家房子足夠大，住在我那裏就可以了，而且我家房頂要換新的了，我想你們能幫一些忙的……」

「噢，你看起來不像是船長，倒像是個生意人。」海倫苦笑起來，「會計算。」

「船長就是生意人呀。」貝蒙森也聳聳肩，「我不過是有仔細的規劃而已，發揮最大功效，噢，我要回碼頭了，我們在挪威見……」

第二章　報案人在海上

貝蒙森興沖沖地走了，大家相互看着，他到來這短短時間裏，說出了一件離奇的事，而偵探所的成員們就要因此前往挪威了。

「博士，訂好票了，下午兩點的飛機票，三點到奧斯陸，然後搭乘巴士去曼達爾，一小時就能到。」保羅走到南森身邊說。

「很好，老伙計。」南森望着窗外，像是在深思，「這個貝蒙森倒是個好人，最終來找我們了，但是一個多月，證據不好找了，難度很大呀。」

「博士，這件事的可能性真的很大嗎？」派恩走過來，用手比劃着石頭砸頭的動作，「很離奇的故事，我有一點點不太相信呀。」

「去看過就知道了。」南森說，「貝蒙森沒有任何必要說謊。」

他們吃過午餐，隨後就前往機場了，去之前他們還給貝蒙森打了電話，貝蒙森說他們已經回航一小時了，明天下午就能到。

下午三點，南森他們搭乘的航班降落在奧斯陸國際機場，隨後他們前往汽車總站，乘搭巴士前往曼達爾港。巴士開出奧斯陸後不久，他們就行駛在高山山腳下修建的高速公路上，不遠處的高山巍峨挺拔，似乎都看不到頂，高速公路的左邊是高山，右邊就是廣袤的大海，雙重映襯的壯觀景象令南森他們很是賞心悦目。

下午四點多，他們到達了曼達爾港，這是一個很小的城市，城市的北面，依舊是那連綿的大山，城市南面就是大海，遠遠看去，他們都覺得這裏的風光和被大海分開、幾百公里外的蘇格蘭風光基本一樣。

「博士，我們去哪裏住？去貝蒙森家嗎？」派恩一下車就問。

「我不想修屋頂。」南森搖搖頭，「海倫會帶我們去一家酒店，離這裏的警局比較近，她在來的路上就查好了。」

城市太小，他們下車後走路十分鐘就到了那家酒店，説是酒店，海倫查到一共也就十五個房間，一半都空着。海倫已經訂好了其中最大的套房，正好安頓魔幻偵探所這一行人。

順利的入住酒店後，他們稍微休息了一會，南森把大家召集起來。

「報案人還在路上，接案人卻已經到了，很奇特。」南森的語氣有些無奈，「不過這不影響我們的偵破，現在我們去當地警察局，皮特案件的報告我們要看到，我們還要去現場勘驗。」

「要和警察們解釋一下了，報案人員蒙森還在海上呢，沒准正在抓蝦呢。」本傑明說，「看上去很老實的一個人，但非常精明。」

「不說他了，我們走吧，確實要和人家解釋一下。」南森攤了攤手說。

曼達爾港警局距離這裏走路去只有五、六分鐘，海倫查過了，這個警局六點下班，現在只有五點多，他們應該能在下班前看到報告。

他們來到警局，這裏的警局也很小，推門進去，一個二十多歲的年輕警員在接待台後，靠着椅子，正在打瞌睡。

「你好……」南森不知道是不是應該大一點聲，不過那個警員繼續打瞌睡，南森只能加大了聲音，「你好……」

「啊——啊？」年輕警員終於醒了，他連忙坐好，晃了晃頭，不過仍然顯得睡意朦朧，「你好，怎麼？你的狗走失了嗎？」

「嗯？」保羅一愣，「我還在呀。」

「我們來找負責皮特死亡案件的警官的，你知道皮特被山石擊中這件事……」南森連忙解釋。

「嗨——嗨——嗨——」年輕警官完全清醒了，他指着南森，滿臉驚喜，「我知道你是誰，南森博士對吧？大人物呀，怎麼來到我們這裏了？」

「你好，因為一個案子，我們要找負責皮特死亡案件的警官。」南森笑了笑，解釋道。

「莫爾德警官，馬上到前台來。大人物來了。」年輕警官立即抓起電話，高聲喊道，他放下電話，笑瞇瞇地看着南森，「記得和我合影噢，南森博士，謝謝。」

正說着話，一個胖胖的警官推門走了出來，他身材不高，三十多歲，滿頭金髮，雙眼有神。

「什麼大人物……」胖胖的警官出來就問，他就是莫爾德警官，他猛地看到了南森，「啊，南森博士，魔幻偵探所的南森博士，你好，你好……你是來找我的？太榮幸了……」

南森連忙和他握手，並大概告知來意，莫爾德警官連連點頭。

「請進來吧，我知道大家，噢，海倫，和電視上一樣漂亮……」莫爾德警官請大家進去，海倫很高興莫爾德警官認識自己。

南森向年輕警官點點頭。

「記得和我合影。」年輕警官笑着揮揮手。

南森他們來到了莫爾德警官的辦公室，莫爾德請他們坐下，他的辦公室不大，布置得很整潔。經過其他警官房間的時候，海倫他們明顯感到這個警察局非常安靜。

「……你想了解皮特的那個案件嗎？已經結案了，你是……皮特的遠親？不會吧……」莫爾德警官給南森他們倒了幾杯水。

「其實是貝蒙森告訴我們這個情況的，不過我們的這位報案人……還在海上，明天到。」南森說，「我們先到了，想了解一下這個案件的情況。」

「噢，這個貝蒙森，真是神通廣大呀，都跑到倫敦找你去了。」莫爾德揮揮手，「他也和你說了他的奇特經歷了吧？石頭會跑，還會跳起來砸人，他有這種想像力不去荷里活當個編劇真是太埋沒他的才華了，有幾次他也說可能自己眼花看錯了，怎麼還跑到倫敦找你去了？現在是他們賺錢的最好季節呀。」

「他沒耽誤賺錢。」海倫說，「來我們那裏的路上他撈了一船蝦。」

「還有海膽。」本傑明補充道。

「噢，這倒很符合他的性格。」莫爾德連忙說。

「我們聽完了貝蒙森的描述，對於我們來說，一個很令人不安的地方是，你們這個地區，尤其是出事的那座山以及周邊山脈，歷史上曾經是魔怪聚集的地方。」南森很是認真地向莫爾德警官解釋，「所以我擔心的是如果以前的剷除魔怪行動不徹底，很容易遺留下一些隱患，這在魔法史上並不稀

奇，因此我們很有必要了解一下情況，如果能排除是魔怪作案最好，否則……」

「你們到這裏我就想到你們認為這是魔怪作案了。」莫爾德説着站了起來，「資料當然能給你們看，我們是偵探，你們也是，而且你們是專業的魔法偵探，儘管我認為這就是一宗山石滾落事件……我這就拿給你們……」

「謝謝，那麼皮特的屍體……我想我們看到後也許能夠檢測出什麼……」南森連忙説。

「噢，這個不行了，已經燒了。家屬已經拿走埋掉了。」莫爾德突然站住説。

「啊，好吧。」南森説着看着小助手們，「一個多月了，確實晚了。」

莫爾德打開檔案櫃，拿出了一份資料，然後走向南森，很是恭敬地放在南森面前的桌子上。

「不管怎麼説都是一宗死亡案件，在我們這裏可是天大的事件了。」莫爾德説。

「我覺得你們這裏好冷清呀。」本傑明連忙説道。

「警察局冷清可是個好事情。」莫爾德很是有些得意地説，「我們這裏兩百年都沒有兇殺案了，這些年最大的案件是酒後駕車，損壞他人財物。」

「噢，所以你們處理皮特的案件，如果是謀殺，你們甚至都沒有經驗……」派恩心直口快，直接説出了自己的想法，説完馬上意識到了什麼，「噢，對不起，我是説……」

「沒有關係。」莫爾德比劃着，「確實沒有經驗，我想如果真的發生一宗謀殺案，還真要去大城市請偵探來，老實説，皮特的這個意外致死案件我們也是按照警校教科書處理的，因為我們這裏意外致死案件也極少。」

南森已經開始翻閱資料了，皮特死亡事件的資料收集倒是很全面，有死者倒地後的各種照片，有周邊環境照片，有目擊者證言，包括貝蒙森的説法，也被詳細記錄。南森很是關心死者的傷情勘驗報告，特別拿在手上看了一會，他把看過的資料拿給海倫他們，大家一一傳看。

「關於傷情報告，這上面説的比較清楚。」南森指着資料上的一處問道，「莫爾德警官，你去了現場，對吧？」

「是的。」

「這裏説的兩處傷害，一處在肩膀位置，造成了左肩的骨折，另一處是頭部右側，太陽穴這裏，致命傷。」南森繼續問，「鑒定結論是滾落的石頭砸中了皮特，他倒下時身體撞在了地上，肩部因此骨折。」

「法醫的結論。」莫爾德説，「我也這麼認為，我看到了這兩處傷口。」

「那麼這裏還有一處傷口。」南森問，「胳膊上，還簡單包紮了一下，有血跡，當然這是皮特自己的血跡。」

「是的，這也是皮特出門的原因，他太太説皮特處理一條大魚的時候，不小心劃傷了手臂，她太太給他包了一下，然後叫他去醫院打個破傷風針。」莫爾德説，「然後他就出門了，因為也不是什麼大傷，所以自己去的，但是離家不到一百米，遇到山石滾落，遇難了。」

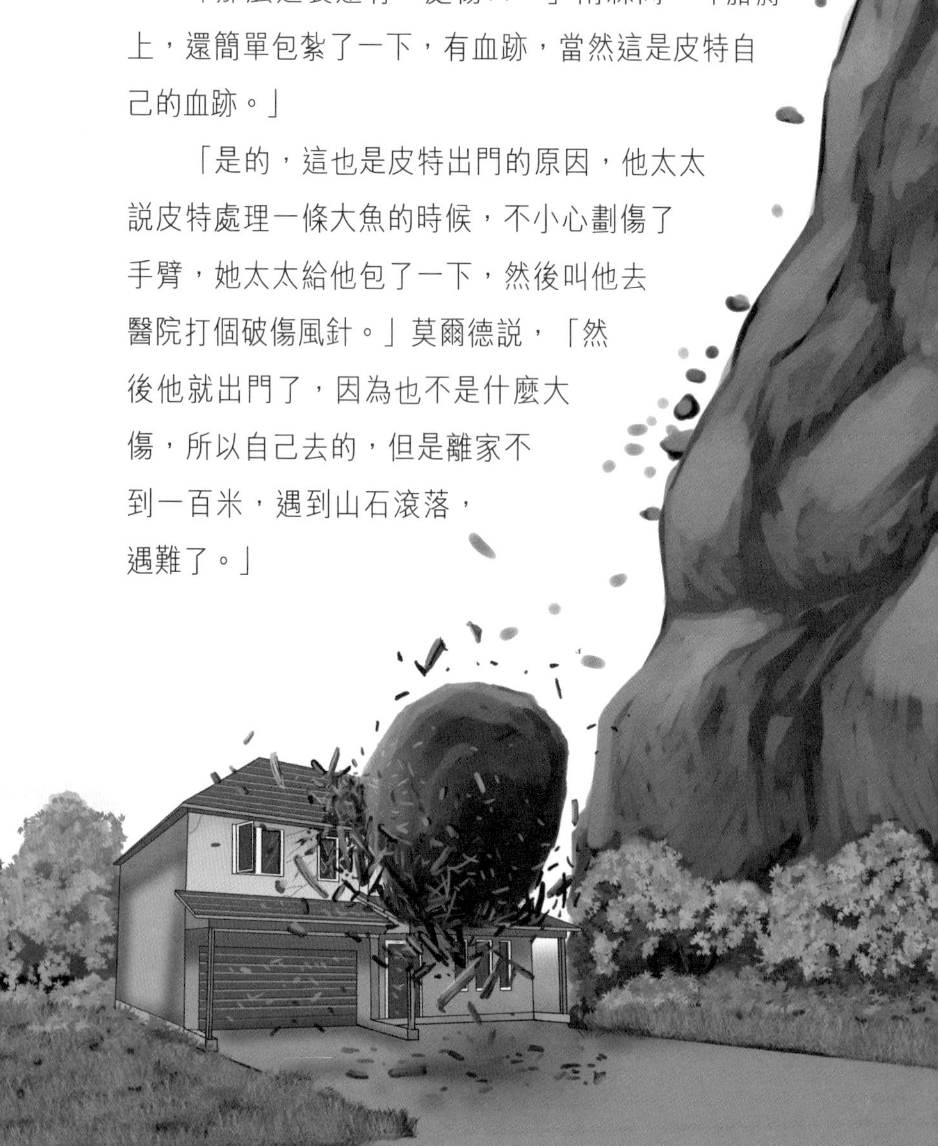

「你們這裏經常發生山石滾落嗎？」

「不經常，但是有過，十幾年前一塊巨大的山石滾落，把一個房子都砸塌了，還好房子裏當時沒人。」

「砸中皮特的石頭呢？」

「掉進大海裏了，皮特被擊中的地方，下方不到五十米是一條小路，然後就是崖壁，崖壁下就是大海了。」莫爾德比劃着説，「你知道，如果從近千米高的山頂滾下一塊石頭，砸中莫爾德後會繼續滾動，直到滾進大海。」

「明白。」南森點了點頭，「你們對貝蒙森的證詞……沒有採用？」

「噢，離奇的證詞，不知道貝蒙森在想什麼，他總是有一些出奇的想法，這大家都知道。」莫爾德揮着手説，隨後用手指了指自己的頭，「我們確定他是目擊者，但是因為受到了驚嚇，頭腦裏出現了一些奇怪的想法，什麼石頭自己跳起來砸中皮特，太令人不可思議了。當然，如果你們覺得可信，請展開你們的調查，畢竟我們不是魔法偵探。」

「是這樣的。」南森輕聲地説，忽然，他加重了語氣，「那麼他殺的可能性呢？」

「我們這裏的人都很平和，根據現場情況看，案發

時周圍沒有其他人在場痕跡，只有幾十米外有個貝蒙森，根據皮特傷口檢驗，砸中他的石塊最少重一百公斤，貝蒙森絕對舉不起來這樣一塊石頭，就別説拋出去了，而且貝蒙森只是比較精明，人卻是個好人，和皮特一點恩怨也沒有，相反關係還不錯，所以他殺也被排除了。」

「好，謝謝你這麼詳盡的介紹。」南森點着頭説，「現在天已經黑了，明天我們想去看看現場可以嗎？」

「可以，我帶你們去，反正我也沒什麼事。」莫爾德連忙表示同意。

「這份資料，我想帶一份影印本回去看看，研究一下。」南森又説。

「我馬上給你們影印一份。」莫爾德説着拿着資料向外走去，「你們稍等一會。」

莫爾德走了，南森靠在椅背上，環視着大家。小助手們也都看完了相關的資料。

「這裏的人很熱情。」本傑明説了一句。

「最熱情的那個貝蒙森，還在海上呢。可能又開始撈蝦發財了。」派恩説，「我都有些傾向莫爾德警官的話了，我們可能白來了，貝蒙森受到驚嚇，頭腦有些紊亂，什麼石頭跳起來砸人都是他臆想出來的。」

「可是他在偵探所裏的表現不像是一個頭腦紊亂的人呀。」海倫說。

「我覺得也很正常。」保羅說，「我甚至測過他的腦電波，非常正常。」

「那是現在正常了吧，當時的情況則叫做『應激性反應』，也不算罕見。」派恩突然表現出一副得意的表情，「刺激過後會出現一些病理表現，我最近在看一些心理學書籍，對這個有所了解，你們知道我天下第一超級無敵魔幻小神探涉獵很廣的。」

「噢，無時無刻。」本傑明擺擺手，不屑地說。

「『應激性反應』？」南森想了想，點點頭，派恩則更加得意了，「也不能完全排除，一切要到現場去看過再說了，可惜我們的報案人無法一同前往了，在現場我們能更準確地了解到他到底受到多大的驚嚇。」

第三章　物化魔怪

第二天一早，莫爾德警官親自開車把南森他們送到曼達爾港西北的斯維克山的山腳下，莫爾德把車停在山腳下，要親自帶南森他們去案發地。

不遠處的斯維克山，從地面到達主峯頂大概有近千米高，在四百米以下的位置，這座山的山坡不是那麼陡峭，坡度大概有三十度，一過了四百米，山勢陡增，呈現出五十度角，過了七百米位置，山勢幾乎就是垂直的了。這座山從七百米往下，覆蓋着一片一片鬱鬱葱葱的森林，只不過有些林木茂盛，有些疏散。七百米以上的陡坡，裸露着石壁，但是也有不少植物頑強地從石壁中生長出來，遠遠看過去也是滿眼綠色。而南森他們停車的山腳下，有一條沿着山繞行的柏油公路，公路邊五米處，就是崖壁，崖壁下就是大海。一邊是大海，一邊是高山，這是很奇特的景色。

一條泥土小路蜿蜒着通向山上，這天的天氣有些陰沉，斯維克山的山頂完全籠罩在一片白色的濃霧之中。

「小路上去，一共只有四戶居民。」莫爾德帶着大家向山上走去，「皮特家，貝蒙森家都住在上面，最上面住着的人家叫米爾遜，也就是本案的發現者，是他報警的。」

「他是做什麼的？」南森問。

「養殖戶。」莫爾德說，「向上走一百米，有一片平整甚至有些凹陷的地形，被綠草和灌木覆蓋，還有很多樹木，他在那裏開了一個農場，養殖牛、羊，向本地提供新鮮牛奶，收益很好。」

說話間，他們走上了山坡十多米，路的右邊，出現了一座很漂亮的小房子，屋頂是紅色的，在一片綠色的樹林掩映下，很是顯眼和漂亮。

「這是第一家人家，一個老婆婆住在裏面，視力很不好，聽力也不好，基本不出門。」莫爾德警官說，「和本案一點聯繫都沒有，我懷疑她是否知道本案都不一定。」

南森點點頭，他們繼續向上走去，一路上樹林裏不停地傳來鳥鳴聲，非常動聽，森林裏濕漉漉的，潮氣很大，但是空氣非常清新，大家都覺得這裏是一個非常適合居住的地方。

他們又向上走了十多米，一條岔路從小路向右延伸出

去。莫爾德站在那條岔路口，手指着右側。

「向前三十米就是受害者皮特的家，向前十米就是皮特被山石擊中的地方。」莫爾德介紹說，「當時這裏全部拉上了警戒線，不過過去一個多月了，該案也結案了，警戒線全撤了，關鍵是……當時死者躺着的位置，警方的畫線，證據標示什麼的，全都沒有了，你知道案發後這裏下過不止一次的雨，而且都很大。」

「這個我們有心理準備。」南森說。

「那跟我來吧。」莫爾德說着揮揮手，帶着大家向前走去。

他們來到了現場，果然，現場沒有留下一點案發時的情景和痕跡，這裏和其他地方一樣，唯一體現出一絲絲的痕跡，是一條寬三、四厘米，長不到二十厘米的淡淡的白線，應該是警方對皮特身位的描線。

保羅在周圍轉了兩圈，然後用眼掃描着地面，隨後走到南森身邊，搖了搖頭，表示沒有發現任何魔怪痕跡。

海倫他們向周邊地區，用幽靈雷達掃描着。這塊區域的樹很少，一棵孤零零的樹上有一隻孤獨的鳥，好奇地看着本傑明，本傑明無精打采地深入樹林幾百米，什麼都沒有發現，只好走了回來。

「你看，從皮特被砸中的地方向上看去，基本上沒有什麼樹木和樹林，所以山石滾下來毫無阻攔，如果有茂密的樹林，山石的滾落就會遇阻，如果石的體積不是很大，一定會被某一棵樹擋住。」莫爾德走到南森身邊，指着山坡上，「但是很不幸，皮特被石砸中的這裏沒什麼樹阻攔。」

「嗯，看起來是這樣的。」南森説，「啊，那麼貝蒙森躲藏的地方在哪裏？」

「就在我們剛才進來的地方。」莫爾德説，「那裏不是一條岔路口嗎？他本來是沿着小路回家的，走到那裏時説是去採松蘑，結果發現這邊皮特被砸，驚嚇過度，臆想出現，連忙穿林逃跑回家……噢，我們是這樣認為的。」

莫爾德帶着南森來到剛進來的路口，路邊向外五米處，有一棵大樹，就是貝蒙森躲藏的地方，南森立即走過去，他來到大樹後，首先發現了幾株松蘑，貝蒙森説的應該就是這種松蘑。南森走到樹後，探出頭去，向皮特被砸中的地方看去，視線沒有任何阻隔，説明貝蒙森的確能清楚地看到當時的情況。

南森沒怎麼説話，他又回到了皮特倒地的地方，他在地上踩了踩，地面有些樹枝和落葉，踩上去比較軟。南森

皮特之死有什麼可疑之處，可以推翻警方的判斷，證明是一宗魔怪案件？

拿出筆記下了幾個字。

「那邊就是皮特的家？」南森指着前面不遠處的房子問。

「是的。」莫爾德説，「他太太不在家，傷心過度，現在去了貝根的親戚家。」

「噢，那就不打擾了。」南森説，他指了指山坡上，「再向上是貝蒙森家？」

「是的。」莫爾德説，「先是貝蒙森的家，然後是米爾遜的家，即是發現皮特倒地的目擊者，他的家在更高一點的地方。」

南森他們回到岔路口，沿着蜿蜒的小路一直向上，很快就到貝蒙森家，貝蒙森家很漂亮，房子的表面是黃色的。

「噢，要是住到這裏，現在我們應該在修補屋頂。」派恩走到海倫身邊，小聲地説，邊説邊看着貝蒙森家的屋頂。

海倫聳聳肩，沒説話。

南森他們沒有去貝蒙森家，他們繼續向上，路的右邊，有一所房子，莫爾德介紹這裏就是米爾遜家，米爾遜和太太住在裏面，他們的房子向東一百多米，就是他家的

牧場。

「米爾遜是目擊者，我們都了解他，人很好，首先被排除了嫌疑。」莫爾德說，「從證據學角度考慮，皮特身高接近一米九，米爾遜才一米六多，不但舉不起那麼重的石頭，就算能舉起來，砸向皮特也是不可能的……總之，這幾家住戶性格不太一樣，但都很平和，好心，相處融洽。」

南森聽着介紹，點着頭，他們走到距離米爾遜家旁邊，南森站住了。

「米爾遜只是皮特倒地後的目擊者？案件過程沒看到？」南森問莫爾德。

「是的。」莫爾德說，「那天他回家，經過岔路口的時候，隨意往皮特家那邊看了一眼，噢，這邊是有幾根路燈的，只是很昏暗，他借着路燈的光發現有個人躺在地上，連忙過去看，發現了皮特，於是報警，警方和救護人員隨後都趕到了，接着出現臆想的貝蒙森也拿着魚叉下來了。」

「米爾遜先生……在嗎？你知道嗎？」南森忽然問。

「真是不巧，一天前我遇到過他，說是去奧斯陸採購牧場設備了，要過幾天才回來。」莫爾德搖了搖頭。

「噢，很不巧。」南森説，「不過他僅僅是受害者倒地後的發現者。」

「是的，法醫推斷他發現皮特的時候，皮特已經死去五分鐘了。」

「那應該沒看到案發情況了。」南森若有所思地點點頭。

他們離開了米爾遜家，繼續向上，蜿蜒的小路向上延伸了幾十米，到頭了。再向上，是一大片開闊的山坡，山坡上覆蓋了厚厚的高草，然後就是一片樹林，而斯維克山的主峯頂，他們必須完全仰視才能看到，斯維克山主峯頂部的濃霧已經淡了很多，天氣也晴朗了很多。

南森他們沒有繼續向前走，保羅向斯維克山的峯頂射出了幾道探測信號，沒有收到任何回饋，不過這也是他早就料到的。

大家向山下走去，一轉身，他們能看見遠處的大海，從這個角度遙望大海，看得更遠，感覺到的大海更有氣勢，海面上幾艘大船，看上去似乎都是靜止的，其實都在移動。

「景色不錯呀。」南森感歎起來。

景色確實不錯，不過小助手們此時可沒有心情欣賞。

下到貝蒙森家的時候，南森又看了看貝蒙森的房子。

「我們的報案人，現在應該還在海上呢，但願他下午早點到。」

「博士，你好像一直在等這個貝蒙森呢。」本傑明有些好奇地問。

「是嗎？我在等貝蒙森嗎？」南森先是一愣，隨後笑了笑，「還真是，不過我等他幹什麼呢？」

大家向山下走去，很快，他們到了山腳下的公路那裏，莫爾德開車送南森他們回酒店，南森說回去後，要通過皮特案件的檔案以及現場的考察，梳理一遍案情。

進到房間後，南森先給貝蒙森打了一個電話，和貝蒙森的通話極其不清晰，斷斷續續的，貝蒙森說他正在海上，信號很不好，他說下午四點多就能抵達，南森告訴他見面後要向他確認些事情，隨後掛上了電話。

「現在我們有了皮特的死亡調查報告，還去現場勘驗了，當然，我們也有貝蒙森那未被採信的證言，所以……」南森環視着幾個小助手，「你們綜合分析後，有什麼看法了？」

「我有點……混亂。」海倫說，「警方的推論都沒有錯，一塊石頭，基本沒有什麼阻攔地從山上滾落下來，砸中了皮特，導致他死亡。但是，貝蒙森也不像是說謊，看到皮特被砸死，他受到驚嚇出現了臆想……根據我對貝蒙森的觀察，他的心理抗壓能力似乎沒有這麼差。」

「本傑明呢？」南森點點頭，隨後看看本傑明。

「我覺得這個案件比較複雜，尤其是這裏曾經是魔怪聚集的地方，我們不能掉以輕心，調查沒有結束，還應該展開更全面的調查。」本傑明很是憂心地說。

「也就是說，你傾向貝蒙森的說法。」

「大概是吧，也不算全是，我是從大的歷史背景考慮問題的，出發點很高。」

「高得離譜。」派恩舉起手，搶着說，「博士，該我說了，我覺得我們白來一趟的可能性比較大，貝蒙森就是受了驚嚇，應激性反應，這裏的魔怪早就被剷除了。」

「當時的條件，不會剷除乾淨的。」本傑明反駁了一句。

「噢，你們兩個停止。」保羅跳了起來，叫停了他倆，隨後看看南森，「這裏有魔怪的概率為百分之五十，這是我最新統計的結果。」

「說不說都一樣。」這下，本傑明和派恩一起看着保羅說，說完他倆互相看看，誰都不理誰。

南森此時聽着他們的話，沒有再發問，他掏出了勘驗現場時記的筆記，隨後又打開皮特死亡的調查報告看了看，大家也都安靜下來。

幾分鐘後，南森合上了調查報告，然後站在大家面前。

「我們要留下來，這個案件很複雜。」南森直接說道，他的語氣非常堅決。

「嗯——」本傑明用力的握着拳頭，同時猛地一揮。

「為、為什麼？」派恩有些小小的震驚，連忙問。

「從警方的報告看……其實這裏非常安逸，沒有刑事案件發生，所以警方缺少刑事案件調查經驗，不過這些因素都是次要的。」南森的手比劃着，「關鍵在於，即使有豐富刑事案件偵破經驗，他們也不是魔法偵探，而魔怪利用魔法進行犯罪，完全能迷惑不會魔法的人。」

「所以才需要我們魔法偵探。」本傑明飛快地說。

「本案的關鍵點，在於皮特的兩處傷。」南森繼續說，他開始了自己的推理，「確切說是三處，皮特手臂上的劃傷，是自己弄傷的，我們先放在一邊，但這點也很重要。另一處就是頭部的致命傷，這個也可以放在一邊，重點是他左肩的傷，調查報告說被巨石擊中倒地後肩部骨折，可是實地勘測，那裏的土地鋪滿樹枝和落葉，鬆軟得很，一個人肩部着地，除非撞擊在石塊上，否則不可能骨折，而現場沒有任何石塊。」

「如果是一塊大石頭呢，擊中皮特的頭部同時擊中他的肩膀。」派恩問。

「完全沒有這種可能。」南森搖搖頭，「致命傷在頭的右邊，左肩骨折，方向完全相反，如果是頭的右邊受傷，右肩骨折，才有這種可能。」

「啊？對呀。」派恩先是一愣，他抓抓頭，「那……也許，也許這個皮特身高很高，倒下去衝擊力也大……」

「這是唯一的可能，但是微乎其微。」南森很是嚴肅，「所以，貝蒙森的證言可信度就極大地提高了，因為他看見那塊石頭飛起來先砸中了皮特，皮特倒地後爬起來逃命，第二下才被砸中頭部徹底倒地，所以第一次砸中皮特造成他肩部骨折，就和實際情況完全對應了。」

「我……明白了……」海倫輕輕地點着頭，「可是貝蒙森對我們的描述，還有調查報告裏的記錄，他都沒有説石塊第一次砸中了皮特的部位……啊，所以你總是想找他。」

「對，我要確認第一次的砸中部位。」南森説，「不

僅僅是這個，貝蒙森還說，石塊砸倒了皮特，還跳起來壓在皮特頭上，這個動作我還要確認一下，是壓在皮特頭上，還是繼續砸，如果是繼續砸，皮特的頭顱早就碎了，但實際情況不是這樣的，我懷疑石頭是在吸血，利用現有傷口吸血，不製造新的傷口。」

「石塊砸倒皮特的真正目的是吸血嗎？」本傑明問道。

「應該是，如果皮特的屍體還在，檢測一下就知道了，可惜被燒掉了。」南森很是遺憾地說，「那塊石頭很狡猾，不製造新的傷口，應該也沒有完全把血吸乾，警方也不會注意到這一點。但屍體不在了，否則檢測一下，發現皮特身體裏的血量大幅減少，就可以定性這是一宗魔怪案件了。」

「所以你一直等貝蒙森回來。」海倫一副徹底的恍然大悟的樣子。

「對。」南森說，「現在我們就要說說皮特自己手臂上的傷了，這是他自己弄傷的，有她妻子的證言，但是這處看似不大的小傷至關重要，就是這處傷引來石塊魔怪……海倫，說說為什麼。」

「我知道了。」海倫完全明白博士的推論和想法，

「人血對魔怪的吸引力最大，但是殺人吸血會引來魔法偵探，魔怪們都知道這點，因此很小心。石塊魔怪也是如此，因為這些年來這裏都沒有類似事件發生，石塊魔怪之所以攻擊皮特，是因為他手臂上的血透過了紗布，石塊魔怪就在附近，它聞到血味，控制不住了，所以殺害了皮特並吸血。」

「完全正確。」南森說，「這樣的推論把一切都說通了。」

「我現在也是這樣想的，真的。」派恩跟着說，「博士，我完全同意你的推論，其實我一直對我以前的想法有所懷疑，真的，有所懷疑。現在我推翻我以前的判斷了，博士，我們用事實說服了我們。」

「噢——」本傑明揮着手，「派恩最後這句話可很難理解……」

「現在已經過了中午，貝蒙森下午四點就回來了。」海倫看了看錶，「但願他按時回來，是不是請警方派架直升機接他來呀？」

「也不在乎這兩、三個小時。」南森擺擺手，「好在案發地那邊住戶不多，而且魔怪剛作案不久，應該不會再次出來作案。」

「石塊，會跑會跳的石塊，石塊魔怪。」本傑明有些激動，「太不可思議了，怎麼會有這種魔怪？怎麼產生的？」

「物化魔怪呀，可能是一塊石頭，也可能是一根木頭，一個杯子，產生原因有很多，但此類魔怪的確不常見。」海倫用手點了點本傑明，「我說，牛津怎麼教你的？你都學了什麼？」

「劍橋把你教得好，你剛才的推斷不也是模棱兩可？」本傑明指着自己，「我這牛津的學生才判斷出這是魔怪案件……」

「你也沒有那麼肯定！」海倫積極維護劍橋學生的聲望。

「我還不肯定嗎？」本傑明幾乎跳了起來，聲音大了幾倍。

「喂，請讓我這倫敦大學的說句話……」派恩也忙不迭地參與進來。

「停——停——」保羅跳到沙發上，對着海倫他們大喊起來，「你們看看博士——」

南森抓着頭，他想捂着耳朵不聽幾個小助手吵鬧，但是他試過，效果不佳。南森表情很是痛苦，他靠在椅子

上，想躲避這種吵鬧但無濟於事。

「好好的討論，你們又開始吵了。」保羅指着海倫他們，「我算是看出來了，一萬個魔怪也打不過博士，唯一能讓博士這麼痛苦的，就是你們的吵鬧！無聊的爭論！」

「好了，好了。」由於小助手們的爭吵被保羅叫停，南森感覺好一些了，「你們別吵了，我這老心臟⋯⋯以後你們可以在一個方圓十公里的無人區，吵個三天三夜。」

海倫不禁笑了，本傑明也很尷尬，南森則恢復了過來。

「我們剛才說到哪裏了？」南森想了想，他的思路都被打亂了。

「說到等貝蒙森回來。」保羅說。

「對，等他回來。」南森擺擺手，「我去休息一會，但是你們不要吵了，我們等貝蒙森回來。」

南森說着向自己的房間走去，此時是下午一點多，貝蒙森說會在四點回來。

第四章　確認

四點的時候，海倫和派恩在碼頭，他們三點半就到了，貝蒙森沒有回來，他們等到四點半，貝蒙森還是沒有回來。海倫和派恩本來是想看到貝蒙森就直接叫南森來，當場問清楚情況，讓南森好決定下一步的方案。

海倫撥打了貝蒙森的電話，根本無人接聽。

心慌意亂的海倫和派恩跑回酒店，和南森説貝蒙森聯繫不上。其實南森也打了兩個電話，貝蒙森都沒有接聽。

「這下完了，貝蒙森被魔怪滅口了。」派恩來回走着，「這個魔怪可太厲害了，居然追殺到海上去了，它是怎麼知道我們要找貝蒙森了解詳情呢，這和電視劇裏一樣，壞蛋走在偵探的前面，總是搶先一步得手……」

「沒有那麼快手吧，貝蒙森被滅口？魔怪怎麼知道我們要找貝蒙森的？」本傑明扭了扭脖子，「派恩，你的思維混亂。」

「那你説貝蒙森去哪裏了？為什麼不接電話？」派恩立即反問。

「他可能在……」本傑明被問住了，他抓抓腦袋，「吃飯……看書……」

「那也要聽電話呀。」派恩大聲地說，「這都不是理由。」

一邊，南森和海倫已經聯繫莫爾德警官了，讓他查詢一下挪威南部近海的海況，特別是貝蒙森的船隻，他們倒是不知道貝蒙森的船隻名稱，不過莫爾德知道，貝蒙森的漁船叫「大金磚」號，他說一會就會給南森答覆。南森此時確實有些擔心，只有和貝蒙森核實了完整的資訊，才能做出下一步的安排。

半個小時後，焦急等待的南森接到了莫爾德的來電，莫爾德通過向海事部門的查詢，發現「大金磚」號其實就在挪威外海，並沒有遇到意外，不過他們致電貝蒙森，還是無人接聽電話。

南森懸着的心並沒有放下，貝蒙森的船還在，但是貝蒙森還是沒有接聽電話。他本人是否出現意外還不得而知。南森開始考慮，一旦得不到貝蒙森的資訊核對，下一步該怎樣進行，南森非常確定這裏確實有個魔怪——石塊魔怪。

晚上快八點的時候，南森的電話響了，他拿過手機，來電顯示是貝蒙森。南森連忙接通電話。

「……博士，親愛的博士，好像聽說你急着找我……」電話那邊，傳來貝蒙森若無其事的聲音，電話的通話質素非常好，貝蒙森的身邊，略有一些嘈雜的聲音。

「貝蒙森先生，你去哪裏了？你怎麼不聽電話？你不是說下午四點回來嗎？」南森連續發問，幾個小助手都氣呼呼地站在南森身邊。

「本來是四點到達的，可是快回來的時候，雷達熒幕上出現了一個蝦羣，這種機會可是不多見的。」貝蒙森的語氣有些興奮，「你知道我是一個敬業的船長，不會放棄這個機會的，所以我們就開始捕撈作業了……你打電話的時候，我正忙着呢，這次我們可賺了不少……我家的房頂修好沒有？」

「你……」南森真不知道該怎麼說貝蒙森了，「你在哪裏？」

「在碼頭呀，我們在卸貨、稱重，要是加工廠不給我一個好價錢，我可不同意，這批蝦的品質非常好，個頭都很大……」貝蒙森繼續興奮地說着。

「你就呆在碼頭，不要離開，我們現在就去找你，有很重要的事問你。」南森急匆匆地說。

「不離開，不會離開的，還沒給我開支票呢，看着吧，加工廠老闆一定會壓價的。」貝蒙森説，「嗨，我説南森博士，你不是要來嗎？就説你是倫敦來的收購商怎麼樣？看中了我的這批蝦，要出兩倍價格收購……噢，不行，好多人都認識你，海倫怎麼樣？噢，太小了……」

南森沒好氣地掛上電話，帶着幾個小助手出了酒店，這個城市小，也不需要叫什麼計程車，他們出了酒店一直往南，十分鐘後就來到了碼頭。

聽着碼頭卸貨的聲音，他們就找到了貝蒙森，他們看到了「大金磚」號，裝卸機正從上面吊裝下一網的大蝦。貝蒙森興高采烈地站在一邊，看着卸貨。

「貝蒙森先生——」南森走過來，大聲喊道。

「噢，南森博士——」貝蒙森轉過身子，滿臉笑容，「我太太説你們沒住過去呀，我家環境很好的，你們現在住在哪裏？可以到我家去住……」

「貝蒙森先生，我們有很重要的事要問你。」南森把貝蒙森拉到距離「大金磚」號更遠一些的距離，避免被裝卸聲打擾，「是有關皮特的，這件事解決了，在你家住半個月都行……」

「不用，房頂修好就可以走了。」貝蒙森連忙説。

「好，好，先不說這些。」南森可不想和他糾纏了，「貝蒙森先生，有關你的目擊報告，我們在警局也看到了，不過無論是這個報告，還是你在倫敦和我們描述的，有個小細節都忽略了，請仔細想想，皮特被石塊第一次擊倒，石塊擊中的是皮特的什麼地方？」

「這裏……」貝蒙森抓住了南森的左肩，「我看清楚了，石頭跳起來砸在這裏了，皮特就摔倒了。」

「你確定？」南森心中一驚，連忙問。

「當然，距離又不是很遠，基本上是面對着我呀，怎麼會看錯？」

「很好，那麼還有一個問題，那個石塊砸中皮特的頭部後，皮特徹底倒下，你說石塊又壓在了皮特的頭部？」

「是呀，壓着皮特的頭部。」

「繼續砸嗎？還是就那樣壓着？」

「就是壓着，好像不想讓他起來一樣，沒有砸。」

「具體位置呢？壓在皮特頭部的什麼地方？你回憶一下。」

「就是壓着皮特的頭呀，這個我沒看清，那時候我只想着逃了。」

「那麼你看到的石塊大小和形狀，請形容一下。」

「大小嘛……比救生圈要小很多。」貝蒙森比劃着，「厚度倒是和救生圈厚差不多，形狀嘛……不很圓也不很方，就這樣，我記得就是這樣的。」

「顏色呢？」

「看不清，黑乎乎的吧，天太暗，看不清。」

「很好，謝謝。」南森說，「你說的這些都很重要。」

「你去我家住，我們可以詳談，我的每句話都很重要。」貝蒙森抓緊時機說，「我一個人修不了屋頂，外面請人還要花錢……」

「我們要破案。」南森直接說，「保障大家的生命安全最重要，記住，晚上儘量少出門，你們這個區域不安全。」

「啊，我知道，你是說我沒有看錯？你相信我？」貝蒙森有些激動地拉着南森，他似乎完全領悟出南森的話的深層含義。

「快有答案了，我們回去努力。」南森點了點貝蒙森，「所以，不要提什麼屋頂了，如果回憶起了其他什麼，馬上告訴我。」

南森帶着小助手們，離開了碼頭。他回到酒店，讓保羅列印出十幾張資料，攤在辦公桌上，一張一張地看起來，這些資料有當地地圖，有曾經的魔怪活動區域圖等。

小助手們都有些緊張地站在南森身邊，南森看了看那些地圖。

「現在基本可以確定，皮特的死是魔怪作案，那個石塊就是兇手，或者說，石塊就是一個魔怪。」南森語氣沉重，「貝蒙森的思維一直是正常的，他的離奇經歷讓人們不相信他的證言，這也很正常。」

「下一步該怎麼辦？去哪裏找那個石塊魔怪？」本傑明急着問。

「斯維克山和周圍的幾座山……」南森拿過來一張地圖，在上面指點着，「曾經的魔怪聚集地，目前這個石頭魔怪是否和以前的魔怪有聯繫，也不能完全確定，不過這不是重點，重點在於斯維克山很有可能就是石塊魔怪的藏身處，這種原本固態，本身無生命的東西因為種種原因轉化成魔怪，學名是物化魔怪，海倫提到過，因為本身原來無法移動，缺乏甚至根本就沒有社會聯繫，所以活動的區域都很小，以皮特遇害點為中心點，周邊五公里範圍內，都是斯維克山區域，魔怪住在山腳下可能性最小，住在山上的可能性最大。」

「那就是說我們要去山上找它了？」海倫問。

「對，明天我們上山去找它。」南森說，「裝扮成遊客的樣子，幽靈雷達要隱藏起來，否則我們在明處，它在暗處，萬一被它發現我們是魔法師，就驚動它了。」

「有了它的活動範圍，而且它不知道我們是來找它的，所以這次找到它的機會很大。」派恩有些激動，「我覺得是這樣的。」

「有個難點……」海倫有些憂心，她皺着眉，「這種物化魔怪，因為原本無生命，一旦處於靜止狀態，幽靈雷達和保羅的魔怪預警系統都很難發現呀。」

「這也是我要說的。」南森看着海倫，「上山後，我們重點觀察魔怪隱藏地的特徵，對那些洞穴要特別注意，特別是能讓石塊魔怪容身的一些洞穴，從貝蒙森的描述看，石塊大小應該在半米左右，比救生圈小，如果有個洞穴裏正好躺着這樣的石塊，即使沒有魔怪反應，我們也要特別留意了，白天的時候，石塊魔怪在洞穴裏的概率最大。」

「嗯，比救生圈小的石塊，貝蒙森真是個漁夫，參照物都和漁業有關。」本傑明說，「不管怎麼樣，我們要關注這樣的石塊。」

「我們的身分是遊客，最好這個石塊魔怪跳出來襲擊我們，那可就太好了。」派恩說着猛出一拳，「那我就這樣——我打翻它——」

「噢，我好像真的忘了，和這種物化魔怪交戰的具體步驟了，我去翻翻資料，看看書上怎麼說的。」海倫像是想起了什麼。

「不用看書，凝固氣流彈轟擊——」派恩擺了擺手，隨後再出一拳，「然後是我的強大攻擊——」

「我可以用導彈炸它。」保羅跟着說。

「喂，喂——」本傑明走到保羅和派恩面前，「一步一步的，先是要找到這個魔怪，否則一切免談。」

第五章　峯頂下的洞穴

第二天一早，南森他們就來到了曼達爾警察局，莫爾德警官等在那裏，他們向莫爾德詳細介紹了情況，南森基本認定這是一宗魔怪案件，莫爾德非常吃驚，但很是信服南森提出的證據，並且表示配合南森的一切工作，南森告訴莫爾德，警方要通知斯維克山腳下的住戶以及周邊區域的住戶，天黑後最好不要出門，白天外出，也要多加小心。

隨後，南森他們來到曼達爾港的一家戶外運動商店，購置了登山包等一些器具，還特別買了四套登山裝，他們要以遊客的身分上山。斯維克山的高度有九百多米，他們昨天只是爬了一百五十米的高度，看到沒有住戶就下山了。

南森他們來到斯維克山腳下，他們決定沿着昨天上山的小路一直爬上去，小路到了盡頭後，他們要穿山林，自己走出一條上山的路，一直到陡升的峭壁那裏，他們甚至購買了攀岩的設備，峭壁上他們也要去看看，誰也不知道石頭魔怪的巢穴設置在何處，整個斯維克山他們都要勘查一遍，這種勘查，也許還要延展到斯維克山的另外一面。

他們開始沿小路登山，這個區域地勢矮，石頭魔怪不太可能藏身於此，他們行進很快，保羅不時地向四周發射探測信號。他們越過了皮特家，再向就是貝蒙森家了，此時他們倒是不願意遇到貝蒙森，如果被貝蒙森看到，拉着他們説這説那，甚至要求修屋頂都有可能。

他們側身從貝蒙森家而過，就要過去的時候，貝蒙森家的門開了，貝蒙森的頭探了出來，南森他們幾乎同時發現了貝蒙森，紛紛加快腳步，甚至想隱身，不過還好，貝蒙森似乎剛睡醒，他沒有看到南森他們，站在院子裏伸了一個懶腰。

「快走，快走。」走出十多米後，本傑明長出一口氣，「噢，搞得我們像是做賊一樣，連魔怪都不怕，倒是怕這個貝蒙森。」

「那是米爾遜家——」海倫指着道路的右側，「米爾遜可能還沒回來。」

「找他沒用，他只是皮特倒地後的發現者，沒見到魔怪。」派恩説，「我們現在有目標了，石頭魔怪是存在的，我們要找到它的老巢。」

大家繼續向上走去，在一片林地前，小路到了終點。南森看看地勢，指了指前方。

「我們穿過去。」

按照南森的指引，大家進入了林地，林地裏的樹木茂盛，一進去大家就明顯感到環境很陰暗，林地裏很安靜，只能聽到他們腳踩落葉和斷枝的聲音，偶爾頭頂有小鳥的幾聲鳴叫，不過聲音也不大。

很快，他們就穿越出林地，剛剛穿出林地，就在林地邊緣，保羅在一堆雜草叢前站住，回頭看着南森。

南森走過去，小心地分開雜草，他們的面前出現了一個洞穴，洞穴口橫着幾根斷枝，這個洞穴口很是隱蔽。

「動物的洞穴。」南森輕聲説，説着他蹲下來，從樹枝上摘下幾根長長的動物毛髮。

「是狐狸。」保羅小聲地説，「就在裏面十多米深的地方，兩隻小的一隻大的。」

「我們走吧。」南森説着站了起來，他們離開了狐狸洞。

再向上，有大片的茂密樹林，無法穿越，他們需要繞道，還有一些幾乎垂直的裸露崖壁，也要繞行，向上的路線變得蜿蜒曲折了。

前面，有一大片的草場，他們爬了幾十米，草場上出現了一片石塊羣，大小石塊足有幾十塊，全部半埋進草地中。

保羅很興奮地衝進去，對着那些石塊連連發射探測信號，不過沒有任何回饋。

「這麼多石塊。」本傑明用手摸着一塊半米多高的大石頭，他的幽靈雷達就在背包裏，如果發現魔怪就會震動通知，「哪一塊才是呀？」

「噓——噓——」海倫走到本傑明身邊，做了個噤聲動作，隨後走過去拍拍保羅，「老保羅，不要表現得那麼明顯。」

本傑明恍然大悟，他們此時的身分是登山客，是來探險旅行的，不是來找石頭魔怪的，萬一被隱藏着的石頭魔怪發現甚至聽到有關對話，那麼自己魔法師的身分就暴露了，那樣石頭魔怪一定有所防備甚至遠走高飛。本傑明不說話了，而是在四周找尋着有沒有可以藏身的山洞。

保羅也意識到了這點，他走到南森身邊，搖了搖頭，話都沒說，意思是沒有發現什麼魔怪反應。

南森對保羅點點頭，他看着那些石頭。

「如果這山上到處都是這樣的石塊，山石滾落砸中

皮特也算正常。」海倫走到南森身邊，把聲音壓得極低，「不過這些石頭都深埋着，沒那麼好滾落吧？地震能否造成石塊滾落呢？」

「這裏的地質結構穩定，我查過，地震級別都很低很低。」南森搖了搖頭，隨後，他放大聲音，「我們繼續上山，今天要征服山頂——」

他們就像是登山的遊客那樣，繼續上行，經過這一大片草場，前面又是連綿的樹林，他們又穿過了這片樹林，出了樹林，可以明顯發現，前方坡度上升，剛才這一大段的上山道路不算費力，但是眼前的上山道路，一定要攀爬了。

「走那邊——」南森觀察了一下環境，發現向左橫向行進一百米左右，再向上是一片樹林，此時攀爬，抓着樹木前進會輕鬆很多，沿着草場攀爬只能抓着不牢靠的草葉。

大家向左走了一百米，然後開始向上攀爬這幾乎有五十度的山坡，還好，他們可以抓着樹幹，雖然攀爬吃力，但是很安全。

保羅忽然跑到一棵大樹下，他回頭看了看南森，然後指了指樹下。

樹下，一個黑黑的洞穴露了出來，南森他們圍了過去，這個洞穴可不算小，洞口直徑將近半米多，裏面黑乎乎的，深不可測的樣子。不過，無論是保羅的預警系統還是幽靈雷達，都沒有反應。

保羅先是指了指自己，隨後指了指洞穴，表示自己要鑽進去看看。南森點了點頭。

保羅鑽進了洞穴，海倫和派恩把守在洞穴兩邊，做好了戰鬥準備，因為石塊魔怪在靜止不活動時，基本不會釋放出魔怪反應，萬一石塊魔怪就藏在裏面，保羅進去後可能會引發戰鬥。

本傑明面對着洞口，他有點點的緊張，也不敢大聲問保羅情況。過了足有三分鐘，保羅從裏面鑽了出來。

「空空的。」保羅說，「沒有石塊，也沒有動物，是一個被廢棄的洞穴。」

「哎，我緊張了半天。」本傑明長出一口氣。

大家繼續向上攀爬，很快，他們出了山林，出來以後，他們的眼前出現了一片空地，空地上長滿了灌木和草木，這塊空地大概有兩百多米的長度，再向上，斯維克山幾乎垂直陡升，就像是巨大的立柱一樣到頂，此時霧氣已經散去，他們能看到山頂了。

南森招呼着大家前行，大家都氣喘吁吁的，向前走了五十多米，陡峭的山坡出現了一片緩坡，坡度不那麼陡，行走也不需要用攀爬的形式了，不過大家都很累了。

「休息一下，休息。」本傑明說着就坐在一塊半掩在草叢的石頭上，這塊石頭的旁邊，是一塊三米多高的巨石，本傑明坐着的地方全是陰影，還有些陰冷。

這裏，又是一片石塊區，大大小小的石頭有幾十塊。本傑明都習以為常了，他的幽靈雷達沒有震動發警報，保羅也無動於衷，他當然是什麼也沒有發現。

「累呀。」派恩說着也坐在一塊石頭上，「太陡了，要是有個纜車什麼的就好了。」

「你想得倒是好。」海倫笑了，「還纜車呢？我看這裏一年也來不了多少登山的人，要是在這裏建造纜車，怕是根本收不回成本了。」

「不管了，不管了。」派恩靠着一塊巨石坐下，「先休息一會。」

南森一直看着斯維克山的山頂，盤算着如何爬上去。保羅跟在南森身邊，南森早就叮囑保羅儘量少說話，萬一被魔怪暗中發現小狗都會說話，一定起疑心。

本傑明坐在石頭上，喘着氣，他拿出帶的水，喝了一口，感覺緩過來不少。

本傑明坐着的石頭，突然出現了一隻眼睛，不過誰也沒發現這隻眼睛，這隻眼睛轉了轉，看了看上面的本傑明，隨後消失了。這是一塊半米大小的石頭，比救生圈要厚一些，看上去扁扁方方的。

就在石塊上眼睛出現的時候，本傑明在背包裏的幽靈雷達突然亮閃了一格，而且極輕微地震了一下，不過幽靈雷達在背包裏，本傑明看不到幽靈雷達發亮，他把水放進背包

時，也沒感到那極輕微的震動。眼睛消失後，閃亮和震動隨即全都消失了。

十多米外的保羅，跟在南森身邊，他完全沒有探測到一點魔怪反應。

他們休息了大概十分鐘，南森叫大家起來，繼續趕路，南森決定攀爬到主峯的頂上去，因為他剛才用遠視眼發現，峯頂崖壁下五、六米的地方，有個洞穴，看上去這個洞穴似乎很深，他想去一探究竟。

大家走出了緩坡，繼續向上攀爬，終於，他們來到了豎立起來的主峯山體下，南森向上目測了一下，垂直的山體幾乎有兩百米高。

「我拉着繩索上去，沿途打岩楔*，登頂後你們沿着繩索爬上來。」南森笑着指了指崖壁，「放心，打岩楔的時候我唸輕身咒。」

小助手們都點點頭，開始從各自的登山包裏取出繩索，連在一起，南森將繩索綁在身上，非常輕盈地爬上了崖壁，他其實可以利用輕身術直接飛上山頂的，但是這樣做有可能被石塊魔怪發現，而且小助手們借助繩索才能更

*岩楔：一種攀岩工具，利用岩石的裂隙來設置保護裝置的配件。

安全地抵達山頂。

「輕輕的我輕輕地飄。」飛上崖壁二十多米後，南森默默地唸出輕身術口訣，他的身體懸浮在崖壁上。

南森拿出一枚岩楔，打在石壁內，拉了拉，很是牢固，他又飛身向上二十多米，再次懸浮，往石壁內打進一枚岩楔。

小助手們在崖壁下，仰望着上面的南森，南森每隔二十米打一個岩楔，不斷攀升，很快，南森就接近崖壁上的那個洞穴了。

保羅在崖壁下就對那個洞穴進行了探測，沒有發現有魔怪反應，南森因此沒必要過於緊張，他先是在洞穴旁打進一個岩楔，隨後把頭探到洞口，向裏面看去。

洞穴比較大，洞口呈現出不規則的四方形，最寬處有一米多，不過初看過去，裏面沒有大石塊，靠洞口處不遠，有一個手掌大小、三角形的小石塊，顏色是褐色的，南森看了看，沒發現什麼異常，再向裏面望去，這個洞穴比較深，裏面似乎更大，南森用手電筒向裏面照去，看到了洞穴的底端，洞穴裏有一些極小的碎石，其他再無它物，南森還發現洞底有個乾涸的水池，裏面有些小樹枝和草葉，也許這個水池是魔怪用來盛放什麼東西的。南森此時已經完全認定，這的確曾經是一個魔怪藏身的巢穴，因為從洞穴石壁的開鑿上，他能明顯地看出開鑿方式是魔怪所為，當然，這應該是一個開鑿了千年以上的魔怪洞穴，屬於當年被剷除的魔怪的住所，魔怪被剷除了，這裏也就被廢棄了。

確定洞穴裏沒有魔怪，南森縱身飛上了峯頂，他把繩索綁在山頂的一棵粗大的樹上，然後猛地拉了三下繩索。這是他和小助手們約定的可以登頂的信號。

派恩第一個開始向上爬，保羅在他的背包裏，派恩一邊唸着輕身術口訣，一邊拉着繩索，很是輕鬆地爬上了山頂。接着，海倫和本傑明也依次爬到山頂上。

從山頂看下去，斯維克山的背面，從高到低幾乎是垂

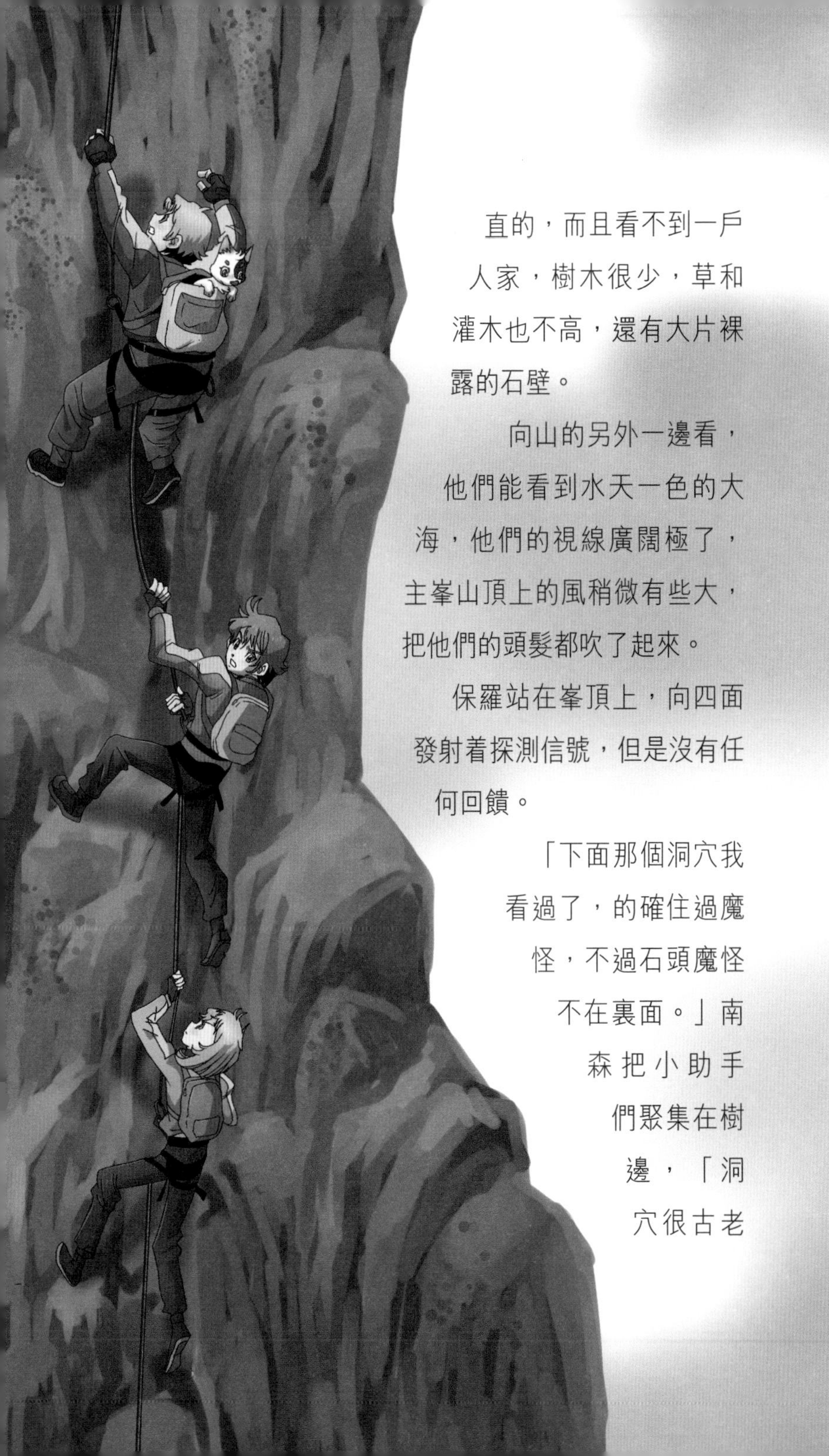

直的，而且看不到一戶人家，樹木很少，草和灌木也不高，還有大片裸露的石壁。

向山的另外一邊看，他們能看到水天一色的大海，他們的視線廣闊極了，主峯山頂上的風稍微有些大，把他們的頭髮都吹了起來。

保羅站在峯頂上，向四面發射着探測信號，但是沒有任何回饋。

「下面那個洞穴我看過了，的確住過魔怪，不過石頭魔怪不在裏面。」南森把小助手們聚集在樹邊，「洞穴很古老了，開鑿和住在裏面的魔怪應該在一千多年前的集中清剿中被剷除了。」

「那我們……」派恩指了指山的背面，「需要下去嗎？」

「樹木稀少，大片裸岩，一點也不隱蔽，石頭魔怪不可能藏身在這種地方。」南森說，他指了指兩側的山體，「如果石頭魔怪不在背面，那麼我們的搜索只能擴大到左右這兩座山了。」

他們身邊有兩座山，和斯維克山主峯相隔大概有幾百米，兩座山的基體和斯維克山相連，其實是斯維克山的旁系山脈。

南森他們決定下山，看起來這樣的搜索要連續幾日了，此時他們都有些疲憊，搜索這樣一座大山，需要一天時間，另外兩座山也是一樣，下山後他們決定先回酒店休息一下，明天搜索斯維克山左側那座山。

「看看那個牧場，真的有個牧場呀。」本傑明指着山下，他看到了米爾遜的牧場，牧場裏的牛羊悠閒地吃着草。

「下去吧，牧場有什麼好看的？」派恩拍了拍本傑明，「海倫已經要到底了。」

本傑明第二個下去，接着是派恩和在他背包裏的保羅，南森最後一個下去，一邊下一邊收起岩楔，很快，他們都下到了崖壁下。

第六章　動物檢疫局的車

大家原路返回，下山倒是比較省力氣，但是小助手們都無精打采的，今後的搜索能否找到石頭魔怪，在他們心中都是一個問號，此時只有南森，還是一副信心滿滿的樣子。

很快，他們就回到了上山的那條小路前，這時已經是下午三點了，他們沿着小路下山，經過米爾遜家的時候，本傑明還向他家的牧場方向看了看。

經過貝蒙森家，大家都加快了腳步，不過貝蒙森家路口的樹旁忽然閃出一個人來。

「南森博士，你們上山了？」

説話的正是貝蒙森，他笑嘻嘻地看着南森他們，本傑明嚇了一跳，不知道貝蒙森什麼時候躲在樹後的，他應該不是專門等在這裏的。

「上山看了看，你們這裏的山……」南森急着想走，「很大。」

「去我家喝杯咖啡吧。」貝蒙森指了指自己家，「不要客氣。」

「不要。」海倫立即叫起來，「喝咖啡容易興奮，我們都不喝咖啡。」

「那就喝點水吧，總之喝點什麼。」貝蒙森笑着說，他已經攔在了南森他們面前，「然後幫我修……」

「不要，我們還有事。」海倫立即擺着手，「我們什麼都不會修。」

「當心，車……」南森拉了一把貝蒙森，因為此時一輛卡車慢慢地從山下開了上來。

「噢，這麼窄的路，還有卡車開上來。」本傑明抱怨說。

「動物檢疫局。」貝蒙森站到了路邊，指着卡車上的字，「一定是米爾遜家的牛死了，這種突然死掉的牛不能拿去賣，也不能私自埋了，要交給動物檢疫局檢測後處理，以排除動物是由瘟疫造成的死亡，不過米爾遜家的牛都是被砸死的……」

「噢，看來開辦牧場也要有這項成本呢。」南森先是點點頭，隨後忽然意識到什麼，他連忙看着貝蒙森，「你剛才說什麼？牛被砸死了？」

「對呀。」貝蒙森說，「山上有石頭滾落呀，牛羊那

麼多，難免被砸死一兩隻……啊，你是不是和皮特案件聯繫起來了？石頭跳起來砸皮特，不會連牛也砸吧？魔怪害人，害那些動物幹什麼？」

「你、你不早說。」南森繼續保持着自己的思路，「他家被砸死的牛羊數量多嗎？」

「不多吧。」貝蒙森說，「我又不開牧場……」

「那些牛羊都是被砸死的？」南森又問，「不是瘟疫等原因？」

「我們這裏的動物從來就不鬧瘟疫。」貝蒙森說。

「你提供的資訊很有價值。」南森有些興奮說，「先再見，你是個熱心人，我們要去米爾遜家的農場看看。」

「噢，你連那些牛羊被砸都要管？」貝蒙森想拉住南森，「我說，他家就一個牧場，沒什麼看的，還是到我家去看看吧。」

「再見。」海倫向貝蒙森揮揮手，大家終於可以離開他了。

「你們……」貝蒙森叫了起來，「還說我是熱心人，難道就不來我這個熱心人的家裏坐一坐嗎？熱心人家的屋頂還壞了……」

南森帶着小助手們，連忙向米爾遜家走去。前面那輛車，轉彎後已經開向了米爾遜家的牧場，南森他們經過了米爾遜家，沒有進去，他們一直跟着那輛車。

動物檢疫局的車停在了牧場門口，車上下來一個三十多歲的男子，和等在門口的一位女士在說話。南森立即走了過去。

「你們好。」南森看看那位女士，感覺他就是米爾遜太太，車上還有一名司機沒有下來，「我是倫敦魔幻偵探所的南森，打擾了。」

米爾遜太太和說話的人都一臉茫然，車上的那名司機聽到南森的話，則興奮起來，他跳下車，上前就握住了南森的手。

「你好，久仰大名呀。」司機說完看着那兩個人，「這是世界著名的魔法大偵探南森博士，電視上有他破案的系列影片的，啊，這些是他的小助手們……你們沒聽說過？」

「南森……博士……」車上下來的男子有些猶豫，「好像有印象。」

「我只看飲食節目，抱歉。」女士連忙說。

「你是米爾遜太太？」南森問。

「對，我就是。」女士連忙回答。

「這個牧場有隻突然死亡的牲畜，你們來拉走的？」南森轉向了那個男子。

「對，我們是動物檢疫局的。」司機搶着回答，他指着同事，隨後指着自己，「他是檢疫員施泰因，我是艾伯格。」

「好，你們好。」南森看着米爾遜太太，「我在調查一個案件，可能你也知道，皮特的案件，我現在要調查一下牧場牲畜死亡的事情，死的牲畜是頭牛？」

「啊，對。」米爾遜太太點點頭。

「突然死亡的牲畜要你們來拉走？」南森看看施泰因和艾伯格。

「對，初步檢查後就拉走，到檢疫局後詳細檢查處理。」施泰因有點疑惑地看着南森，點了點頭。

「我想去看看那頭死去的牛。」南森簡單而直接地對米爾遜太太說。

「可以……」米爾遜太太說完看着施泰因和艾伯格。

「可以，當然可以。」艾伯格揮着手說，「有什麼不能看的？魔法大偵探來了，真是貴客呀，噢，海倫，你好像比電視裏胖了點。」

大家跟着米爾遜太太進了牧場，米爾遜太太說米爾遜先生晚上就能回來。以前遇到這種事，都是米爾遜先生打電話給動物檢疫局的，這次死掉的是一頭牛，看上去是被砸死的，但是沒有看到石塊，米爾遜太太也不能排除瘟疫致死可能，因此還把牛羊全都趕進牛舍和羊舍，和死掉的牛隔離開。

由於牛羊都被隔離，南森他們沒有看到，不過羊舍旁兩隻牧羊犬看到來了一羣人，興奮地衝過來，牠倆對保羅很感興趣，圍着保羅又跳又叫，米爾遜太太好不容易才拉住牠。

被砸死的牛倒在牧場邊緣的樹林旁，米爾遜太太說大概是下午兩點發現牛死了，於是打電話給動物檢疫局，南森他們來到了樹林旁，那裏果然躺着一隻花白相間的奶牛。

南森戴上了手套，他走到那隻牛身邊，看到牛的頭骨有明顯的撞擊痕跡，而且都流血了。

「這是砸痕，明顯的砸痕。」南森轉頭對米爾遜太太說。

「是很明顯，但是有沒有可能是它摔在樹林裏的石頭上，然後走到這裏死去的？」米爾遜太太問。

「可能性有，但是很小。」南森叫過來保羅，隨後看

着大家，「答案馬上就能揭曉。」

大家都一愣，看着南森。

「老伙計，檢查這隻牛的血量。」南森招呼保羅。

保羅走過去，對着牛開始掃描，他的雙眼裏先是射出綠色的光，又射出白光，他圍着牛轉圈，米爾遜太太他們都吃驚地看着保羅。

「這頭牛大概500公斤，血量應該在35公斤左右，但是現在檢測下來，牠的血量只有19公斤，大概少了16公斤。」保羅說，他已經開始向四周發射探測信號了，「這是一隻健康的奶牛，絕對沒有貧血情況，所以，牠它的血量丟失，是被吸走了。」

保羅的話還沒有完，海倫和本傑明已經開始對周邊用幽靈雷達搜索了，不過他們什麼都沒有發現。而米爾遜太太他們全都愣住了。

「血果然少了。」南森開始在牛的頭部查看，「應該是借着這個傷口吸血的，和對付皮特的手段一致……保羅，掃描傷口。」

保羅走過去，對着奶牛的傷口開始掃描，忽然，他露出興奮的表情。

「有一點點的魔怪反應，只有一點點。」保羅說，「進行分析的劑量都不夠，但是應該是魔怪反應。」

「好。」南森點點頭。

「你們再說什麼？」動物檢疫局的艾伯格驚奇地問，「到底發生了什麼？」

「稍等。」南森擺擺手，他把頭轉向米爾遜太太，「你怎麼發現這頭牛死去的？你聽到或看到什麼了嗎？」

「十二點的時候我經過這裏的時候，還是好好的。」米爾遜太太一臉愁雲地說，「我丈夫不在家，這幾天的活都是我來做，確實有點累，一點多我就進房間休息了，你看我們這個牧場，四周都是圍欄，牛羊跑不了，就在這裏安靜地吃草，我覺得沒事就去休息了，快兩點我醒來，來到這邊，大概兩點十幾分吧，就看見這隻牛躺在這裏，已經死了，就給檢疫局打電話了。」

「第幾宗了？」南森問，「牧場裏發生了多少次這種情況了？」

「今年第二宗，去年有一宗。」米爾遜太太說，「去年一隻大肥羊被砸死，今年兩宗都是牛，但是都沒有發現砸死牛羊的石塊，我丈夫說可能是滾到山下大海裏了，還要我小心，說別砸到人，結果皮特被砸到了……」

「根本就不是石塊滾落造成的。」南森說着看看保羅，「老伙計，有什麼回饋嗎？」

「石塊魔怪不在附近，我沒有檢測到任何魔怪反應，也許它是靜止的。」保羅說，「不過它吸了血，應該跑掉了……哦，它大白天就出來吸血了，魔怪都是天黑作案的呀。」

「不算是大白天。」南森指了指身邊高大的樹林，又指了指太陽，「這裏背陰，一點陽光都照不到，它躲在樹林裏砸死這頭牛後吸血，完全是在陰暗環境中。」

「明白了。」保羅説着搖搖尾巴。

「是這樣的。」南森看到米爾遜太太他們都緊張地圍着自己，是該向他們解釋的時候了，「這裏的居民皮特，一個月前被石頭砸死，其實是一宗魔怪案件，我現在有證據證明，這頭牛被砸死，也是魔怪案件，都是同一個石頭魔怪幹的，目的就是吸血，以前這裏的牛羊被砸死，也應該是石頭魔怪所為，你們看，這個牧場低窪，即使山上滾落石塊，也會在窪地邊緣停住，不可能每次都找不到滾落的石塊，況且，我們今天登山了，發現這裏的地質穩定，石頭都深埋在草地裏，很多甚至應該和山體相連，又沒有地震發生，不會輕易就滾落下來的。」

「我家的牛羊原來都是這樣死的……」米爾遜太太皺着眉，「啊呀，有魔怪，會不會要來砸我們呀，我們也會和皮特一樣吧？」

「不會再有這樣的事發生了，我們會保護好你們的。」南森安慰道，他看看施泰因和艾伯格，「剛才我説的，一定要保密，不要引起不必要的恐慌，我會馬上把這個發現通知莫爾德警官。」

「知道了，真是大偵探呀。」艾伯格倒是毫無懼色，他一直處於興奮狀態，「不知道這個案件會不會被播出，我會出鏡嗎？我來演我自己。」

「現在還不是討論這些問題的時候。」南森説着看着艾伯格，「你們檢疫部門以前檢驗這個牧場被砸死的牛羊，有沒有檢查出血量的多少？」

「血量不在檢查範圍內呀。」施泰因説，「我們主要是檢查有無傳染病，如果發現是因為傳染病原因導致牲畜死亡，我們會有應對措施，如果不是因為傳染病，我們很快就把屍體處理掉。」

「明白了。」南森點了點頭，「啊，對了，這頭牛你要留給我們了，我有很大用處，這絕對不是瘟疫致死的牲畜，所以你們可以放心，證明材料我會讓莫爾德警官出具給你們，好讓你們和檢疫局交代。」

「謝謝。」施泰因覺得南森想得很周到，「不過你要這隻死牛幹什麼？時間再長些，會變質的。」

「知道，我們會處理好的。」南森説着眨眨眼，「我有我的用處。」

南森叫施坦因和艾伯格先回去，而且避免再到這一區域，直至警報解除。隨後，他給莫爾德打了一個電話，簡單通報了情況，請莫爾德帶人前來疏散這個區域的幾戶人家。

施坦因和艾伯格回去後，南森把小助手們召集在樹林旁。

「你們有什麼想法嗎？」南森問，「目前這個石塊魔怪完全確定了。」

「它就在這邊遊蕩，幾小時前殺死了這頭牛。」派恩指着不遠處的那隻牛，「我們也在這邊找，總會遇到它的，然後就包圍它，攻擊它，抓住它。」

「這是常規手段。」本傑明擺擺手，「我們應該在這邊藏起來，比如說這片樹林，然後等着它前來，連續害人它不敢，但是害動物不被引起注意，它可能還要來，最近它好像特別嗜血，剛殺人吸血，又在這裏作案。」

「本傑明，你的計劃和我有什麼區別？不都是在這裏抓石塊魔怪嗎？」派恩很是理直氣壯地問。

「有區別，有很大區別。」本傑明立即説，「我是隱藏在暗處，你是在這裏滿街亂跑，萬一遇到魔怪，我們反倒有可能措手不及呢，石塊魔怪可能趁機跑了。」

「哇，你想得倒是多，可是我們會怕一塊石頭嗎？」派恩一副毫不示弱的樣子。

「停——止——」海倫站到他們中間，「討論案情，請討論案情。」

「我們就是在討論案情。」本傑明和派恩一起說。

「本傑明說的沒錯，石塊魔怪最近好像非常嗜血。」南森很是認真地說，「不久前殺人吸血，現在又殺掉一頭牛吸血……海倫，你認為下一步該怎麼進行？」

「我好像知道你的計劃了。」海倫微笑着看着南森，她指着那頭牛，「你要求留下這頭牛，應該就是誘餌吧？」

南森聽到這話，也笑了起來。本傑明和派恩則似懂非懂。

「既然石塊魔怪這樣嗜血，我們把這頭牛身體剩餘的血都抽出來，用血把石塊魔怪引出來。」南森說出了自己的計劃。

「博士——博士——」一個聲音傳來，只見莫爾德警官帶着兩個警員急匆匆地跑過來，「到底是什麼重大發現——」

第七章　突然射來的車燈

晚上七點多，天已經完全黑了下來，本傑明和派恩利用懸浮術操控着一個一米高的水桶，來到了牧場邊緣的樹林裏，他們把水桶放在最外面的一棵大樹的旁邊，此時，水桶裏全都是牛血，散發着濃烈的血腥味道，這些血就是被石塊魔怪砸死的那頭牛剩下的血，全部被抽出來裝到了水桶裏。至於那頭牛，已經被南森使用冰凍術，冷凍在牧場的一個庫房裏。

牧場的幾戶人家，已經全部疏散了，貝蒙森聽莫爾德說要他和妻子去曼達爾的酒店住幾天，而且不用付錢，非常高興。根據南森的叮囑，莫爾德沒有詳盡說原因，因為害怕貝蒙森或別的住戶四處宣揚，影響南森捉拿魔怪，只是說山上有山石鬆動，隱患排除前要先住酒店，至於了解真相的米爾遜太太，她保證會守口如瓶，即使對晚上回來的米爾遜先生，也只是通知他回來後先去酒店。南森很擔心的一點是，有些人膽子過於大，如果知道斯維克山有魔怪，會「慕名前來」，不但令自己身處危險之中，也會嚴

重干擾南森破案。

下午的時候，南森已經詳細了解了樹林以及周邊的地形，要利用鮮血吸引石頭魔怪並且設伏，這裏是一個很好的場所。南森和保羅會在樹林裏，距離水桶只有五十米距離，本傑明會在距離樹林最近的一所房子裏，派恩爬到樹上，海倫躲在山坡上的一處樹林裏，目的是切斷石塊魔怪的退路。整個包圍圈，呈現出一個立體包圍的形式。

本傑明和派恩把水桶放到樹下以後，互相點點頭，派恩走到十多米外的一棵大樹下，飛身上樹，這棵大樹粗壯高大，兩個人都合抱不住，最高有五、六層樓那麼高，是樹林裏最高的樹，爬到頂部的樹杈上，視線極好，從上至下發起攻擊，也有出其不意的效果。

本傑明來到一處小木屋裏，木屋裏有一些農具，本傑明從窗戶向外看去，六、七十米外，就是水桶的位置。此時保羅的魔怪預警系統和他們的幽靈雷達全部開啟，只要石塊魔怪移動過來，就會被發現。如果石塊魔怪過來，南森他們根據情況，也許會隱身，到時唯一不用隱身的就是本傑明，木屋會為他提供掩護。

魔法偵探們的聯繫手段，依舊是幾部微型對講機，一旦進入埋伏狀態，他們也只能用對講機聯絡。

進入夜色之中的斯維克山，非常寂靜，從遠處看，大山已經混入到夜色之中，山體難辨，不過月光微弱地潑灑在山上，那些樹木和草叢依稀能看到外形，一股股的黑雲從月亮前飄過，使得月光忽明忽暗。

「海倫，魔怪最有可能從你那邊過來。」南森手持對講機，戴着耳機，壓低聲音，「一定不要弄出聲響。」

「明白。」南森的耳機裏傳出海倫的聲音。

「博士，你是說魔怪一定住在山上嗎？從山上下來？」保羅在一邊小聲地問。

「住在山上的概率很大。」南森說。

「那我們今天上山，我的系統可是一點魔怪反應都沒有收到。」保羅說，「海倫說過，物化魔怪，如果靜止，我們一點都搜索不到，但是它就一點都不移動嗎？」

「老伙計，它的本質還是一塊石頭呀，它很少活動的。」南森聳了聳肩。

「噢，明白了。」保羅說着警覺地向水桶那邊看去，「只要它被血吸引過來，就會移動，只要移動，我就能捕捉到。」

水桶裏的牛血散發出來的腥味，海倫那裏都能聞到，這種腥味刺鼻，海倫都想捂住鼻子。她這裏目前是最前

沿，魔怪要是過來，她的任務是放行，讓魔怪進入包圍圈。

樹上的派恩坐在樹杈上，他的手裏多了一架微型望遠鏡，這是他和莫爾德警官借來的，他拿着望遠鏡，四處看着，他這裏目前是一個瞭望哨。派恩不停地看幾百米外一塊黑乎乎的石塊，這個石塊很大，不過大半截被埋在土裏，不知怎麼，派恩覺得這個石塊會突然跳起來走動。

木屋裏的本傑明有些無所事事，他沒有觀察任務，他的任務是發現石塊魔怪後，率先衝出來從側面展開攻擊。本傑明坐在一張椅子上，時不時地也向外看看，不知怎麼，他有點睏了。那股刺鼻的牛血味道刺激着他，否則，他覺得自己真有可能睡着了。

魔法偵探們埋伏守候了有兩個小時，已經是晚上九點多了，還不到午夜，南森說天黑後，石塊魔怪可能在任意時間段出現，所以什麼時候都不能放鬆警惕。

月亮被一大片烏雲給蓋住了，大地完全被黑色籠罩。樹上的派恩本來用望遠鏡看着那塊石頭，由於烏雲遮月，他幾乎什麼都看不見了，派恩收起望遠鏡，坐在樹上，他居然都沒有注意到，掛在樹枝上的幽靈雷達，極其微弱地顫動了兩下。

牧場邊的樹林裏，保羅走到南森身邊，南森此時靠着一棵樹坐着。

「博士，我覺得有什麼動靜，我的預警系統剛才似乎收到些反應，但是很快就沒有了，我確定不是故障。」保羅有些猶豫地說，「但是這種反應來去飛快，其他魔怪如果被檢測後快速離開，我總能記錄下什麼……」

「這就是物化魔怪的反應特點。」南森說着就飛快地站起來，他躲在樹後，舉起了對講機，「大家注意，目前有魔怪接近信號。」

反應最大的是派恩，他本來無所事事地坐在樹杈上，隱形耳機中傳來這句話，他一驚，差點從樹杈上掉下來，還好他死死地抓住了樹枝。

海倫握着幽靈雷達，對着四周探測，如果魔怪過來，最有可能先從自己這裏經過，她躲在一棵樹後，想着自己何時隱身，這要看魔怪距離多遠，以及是否從樹林中經過。

本傑明同樣很緊張，他把頭探出窗戶，非常小心，他用幽靈雷達探測着外面，如果石頭魔怪被牛血吸引過去，一定從眼前的地方經過。

「博士，它動了，過來了。」保羅忽然小聲地說，

「距離我們有四百多米，10點方向，它在移動，信號越來越強了。」

「海倫注意，魔怪可能從你所在的樹林邊經過，它在我們位置的10點方向。」南森提醒海倫道。

「博士，我搜索到了微弱信號，它確實在向我這邊移動。」海倫的聲音傳來。

「海倫，它不進入樹林不必隱身。」南森叮囑道。

「明白。」海倫把頭探出樹後，邊説邊向前小心地看着。

最先看到石塊魔怪移動的是派恩，他的幽靈雷達鎖定了魔怪，他用望遠鏡望過去，他的望遠鏡帶有光學夜視功能，能比較清晰地看着移動的魔怪，如果是電子夜視功能，反倒看不見了，因為魔怪無法在電子鏡頭中成像。

派恩的鏡頭中，一塊長寬半米左右的石頭翻滾着前行，石頭魔怪沒有手腳，這種方式似乎是它唯一的行動方式，它移動的速度越來越快，忽然，在海倫把守的樹林旁，它豎立着停了下來，身體開始向左擺動，隨後又向右擺動，似乎是在觀察什麼，終於，派恩看到了石塊魔怪還有一隻眼睛，這只眼睛不停地眨動。派恩把石塊魔怪的模樣和移動方式都告訴了大家。

石塊魔怪在樹林旁靜止下來的時候，海倫非常緊張，以為魔怪發現了自己，但是石塊魔怪距離自己有幾十米遠，而且還在樹林外，不可能發現自己的。直到魔怪再次向前移動，海倫才放下心來。

南森看到魔怪開始進入埋伏圈，提醒大家做好準備。此時，小助手們的幽靈雷達都牢牢地鎖定了魔怪，這個魔怪果然是移動的時候有魔怪反應，一旦靜止下來魔怪反應就徹底消失了。

石塊魔怪聞到血腥味道，似乎越來越瘋狂，它翻滾的頻率加快，距離那個水桶越來越近了，它已經完全進入了包圍圈，本傑明看到它從眼前滾了過去，隨後慢慢地走出木屋，俯着身子，借着夜色的掩護慢慢地走了過去。

南森和保羅已經走出了樹後，他們迎着石塊魔怪的方向走去，海倫此時一直跟在石塊魔怪後面，保持着近百米的距離。

石塊魔怪興奮地向水桶跑了過去，它知道那股它最喜歡的味道是從一棵樹後面散發出來的，它要一探究竟，看看為什麼有那麼重的血腥味道，它最終目的是想去吸食。

「本傑明——動手——」南森這邊還有樹林擋着，看不清石塊魔怪，但他知道，石塊魔怪的側面一定完全暴露

在本傑明的視野範圍內，而且距離不會遠。

「轟——」的一聲，本傑明向石塊魔怪射出一枚凝固氣流彈，正中石塊魔怪的側方，隨即爆炸。

「啊——」石塊魔怪慘叫一聲，橫着翻滾出去。

「嗖——」，南森衝出樹林後，看見石塊魔怪翻滾出去，隨手也射出一枚凝固氣流彈，「轟——」，氣流彈爆炸，石塊魔怪被炸得彈起來好幾米高，隨後重重地落在草地上，把草地都砸了一個坑。

石塊魔怪的身體結構就是石頭，異常堅硬的石頭，遭到兩次轟擊後，它只是頭暈眼花，身體機能沒有受到大的影響。它自身又是魔怪，所以很快就調整過來，它倒退幾步，看到了南森和本傑明，知道自己被魔法師攻擊了，轉身就逃。

「嗨——」石塊魔怪剛轉過身去，海倫從背後一腳就踢了上來，石塊魔怪被海倫一腳踢倒在地。

「嗨——」本傑明也衝了過來，看到石塊魔怪倒地，對着它就是一掌，「啊，好痛呀——」

本傑明的手砸在石塊魔怪身上，就是砸在了堅硬的石頭上，他捂着手跳了起來。

石塊魔怪此時居然有些得意了，看到小魔法師的拳腳對自己沒什麼影響，它跳了起來，足有兩米高，對着本傑明就砸了下去。

本傑明捂着手在那裏喊疼，沒想到石塊魔怪會居高臨下地砸下來，南森衝過去一把拉開本傑明，依靠慣性完全剎不住車的石塊魔怪重重地砸在了地上，又把地面砸出一個坑。

南森撲上去，借着月光，他看清了石塊魔怪的樣子，這個石塊魔怪的那隻獨眼吸引着南森，這隻獨眼在石塊魔怪的左側，右側是一個三角形的缺損，從對稱的角度和對此類魔怪的認知上説，魔怪應該還有一隻右眼的，但是右眼位置有缺損，似乎摔掉了，不過此時南森顧不得多想，他想要把魔怪抓住。

南森死死地按住了石塊魔怪，石塊魔怪掙脱了兩下，甩不開南森，忽然，它原地轉身，一圈、兩圈、三圈……隨後加速，變成一塊旋轉的石塊，並產生一股升力，南森的手都被甩開了，海倫和本傑明站在一邊，也束手無策。

石塊魔怪越飛越高，飛起來足有三米多，而且在高空移位，似乎要逃走一樣。

「嗨——」這時，半空中派恩舉着一根樹枝跳下來，他把樹枝狠狠地砸向石塊魔怪。

「咔——」，一聲巨響，派恩的樹枝斷為兩截，他穩穩落地，石塊魔怪根本就沒想到頭頂上還有埋伏，它被重重地砸了一下，腦袋發暈，頓時停止了旋轉，一停止旋轉，它就失去了升力，隨即掉落在地上，再次把地面砸出一個坑。

「哈哈……」派恩大笑着，他高興極了，「我是……」

「天下第一超級無敵魔幻小神探——」本傑明立即接過話，「這次我是真心的，派恩，你真棒——」

「謝謝，謝謝。」派恩更得意了。

落地後的石塊魔怪躺在地上，似乎在喘着氣，大家都距離它多少有些距離，都小心地、緩緩地上前查看。

石塊魔怪一直閉着眼，大家靠近，它突然睜開眼，瞪着大家。本傑明嚇了一跳，不禁後退半步，石塊魔怪隨即再次跳了起來，對着本傑明就砸了過去。

本傑明慌慌張張地躲避，南森的胳膊突然變長，猛地把石塊魔怪推開，石塊魔怪剛落地，一直在一邊找機會的保羅飛撲上去，對着它就咬了下去。

「咔——」的一聲，保羅咬在石頭上，它不知道什麼是疼痛，但是感覺很不好，覺得牙都要掉了。而石塊魔怪猛地一跳，擺脱了保羅。

一邊，海倫和派恩把牧場圍欄用的木柵欄各拆下一根，當做武器，一起砸向石塊魔怪，石塊魔怪一邊跳，一邊用身體彈開木柵欄，它被一下一下地狠砸，明顯也感到很不舒服，它拼命地躲避着。

南森在一邊，找着漏洞，想展開一次有效突襲，一次擊垮石塊魔怪。另一邊，本傑明也受了啟發，用自己的手腳去攻擊石塊，顯然很不合算。他在一邊撿到一塊用來擋住推車輪子的石塊，瞄準着，找機會砸向魔怪。

石塊魔怪對於海倫和派恩的猛砸，還是很在意，它極力躲避着，但還是被砸中幾下。海倫自己的木柵欄已經砸斷了，她撿起派恩砸斷的樹枝，一手一枝，一起猛砸魔怪。

「嗨——」本傑明終於看準了機會，把石頭狠狠地扔了出去。

「啪——」，石頭砸在魔怪身上，居然濺出了火花。石塊魔怪叫了一聲，像是受到較重的打擊，轉身想向山坡上奔逃，它已經招架不住大家的輪番進攻了。

「呼——」的一聲，南森判斷出它要逃走，正面攔住了它，魔怪想換個方向，南森一雙變長變大的手上由上向

下拍了下來，南森變大的雙掌能覆蓋住它的全部身體，他就是想把魔怪牢牢地壓在下面。

石塊魔怪想躲避但沒有躲開，它猛地被南森那巨大的雙掌給拍在地上，隨即被牢牢壓住，它想翻滾，但是南森的雙掌壓力極大，它無法跳躍，更無法翻滾，這時，派恩用木柵欄從側面又狠戳它一下，保羅飛撲上去，整個身體壓在了南森的手掌背，他非常清楚南森的目的，他是幫助南森加大力度的。

魔怪被壓制住了，海倫和本傑明各自掏出了綑妖繩，這樣一塊石頭，他倆還不知道怎樣去綑。海倫想綑住魔怪後，抓住繩子的一頭束縛它的行動。

石塊魔怪一開始還掙扎着，雙方僵持着，南森這邊耗盡力氣壓着魔怪，也非常吃力，不過漸漸地，石塊魔怪似乎放棄了抵抗，它喘着粗氣，不再掙扎了。

正在這時，兩道強烈的燈光從一輛小貨車上直射過來，照在了南森的臉上，同時，車燈也照在了派恩的臉上，因為他和南森同一個方向。南森的眼睛被刺得難受，下意識地舉起手用手護眼，這下石頭魔怪可抓住了機會，它感覺到壓力突然減少，便猛地跳躍起來，南森只有一隻手壓着它，完全攔不住。石頭魔怪用盡力氣，跳起來有三米多高。

「啊——不好——」本傑明喊道，説着把綑妖繩扔了過去，一根綑妖繩飛快地把魔怪綑住，但是毫無作用，魔怪在空中翻滾着，綑妖繩被迅速掙脱。

第八章　山中捷徑

海倫對着車燈射來的地方，連續射出兩道凝固氣流彈，「轟——轟——」兩聲，氣流彈爆炸後，炸滅了車燈，現場頓時又暗下來，海倫覺得石塊魔怪還有同夥，這個同夥此時前來幫忙了，於是向那輛汽車跑了過去，準備展開攻擊。

這邊，石塊魔怪不再抵抗，而是接着彈起得高高的，直接飛出了包圍圈，它剛一落地，隨即再次彈起兩米高，落地後加速翻滾，逃向了山坡。

南森被車燈猛地對着照，刺激到了眼睛，轉身想去追趕石塊魔怪的時候，魔怪已經逃出去了近百米，派恩此時跟着海倫一起去迎戰射出車燈的傢伙，本傑明追了那石塊魔怪幾步，但是立即被大幅度甩開。

「我來——」保羅說着向前衝了幾步，他站好後，追妖導彈發射架彈出。

「嗖——」的一聲，保羅射出了一枚追妖導彈，此時，魔怪已經逃出了兩百多米，追妖導彈鎖定了魔怪，急速飛了過去。

石塊魔怪感覺到了來自背後的攻擊，就在追妖導彈距離自己只有十幾米的時候，魔怪突然靜止，追妖導彈頓時失去了方向，彈頭開始搖晃，隨後直接飛越了石塊魔怪，漫無目標地射中山坡上的一處草地，「轟——」的一聲發出巨大的爆炸聲。

「炸中了……」保羅興奮地大叫起來，「啊，怎麼又動了？」

保羅信心滿滿地以為命中了目標，沒想到監控系統中那個魔怪又開始加速奔跑了，而且一跑就是一百多米，保羅先是一愣，隨即射出第二枚追妖導彈。石塊魔怪故伎重演，就在導彈距離自己十多米的時候，突然靜止，導彈失去目標，彈頭搖晃着射進了一片灌木叢，炸出一個巨大的彈坑。很明顯，它對追妖導彈的攻擊方式有了解。

爆炸後，石塊魔怪再次加速奔逃，魔怪反應再次出現，等到保羅再次做好發射準備的時候，石塊魔怪逃出了近五百米的距離，鎖定信號基本消失了，保羅猶豫了一下，鎖定信號完全消失了。

「跑啦——給它跑啦——」保羅大聲地叫着，但是毫無辦法。

「怎麼給它跑了？」本傑明走過來極不高興地埋怨。

「我怎知道？」保羅立即說，「我現在就進行資料分析。」

南森望着遠處的山坡，緊握着的拳頭慢慢鬆開，他在思考着，剛才車燈照射出現得很突然，否則他們定能捕獲石塊魔怪。

「抓到了——抓到了——」海倫和派恩興奮地押着一個人走了過來，這人個子不高，有點胖，年齡有五十多歲，「魔怪的同夥——」

「什麼呀，你們説什麼呢？」那個人很是憤怒，「你們這是幹什麼？」

「博士，我們把石塊魔怪的同夥抓到了，是個人，沒有魔怪反應。」派恩興奮地説，「也沒什麼魔力，一抓就抓到了……那個魔怪呢？跑了嗎？」

「跑了。」本傑明沒好氣地説。

「沒事，反正我們抓住它同夥了。」派恩滿不在乎地説。

「你們説什麼呢？我要報警了，你們在我的牧場幹什麼？」那人大聲地説，「還敢抓我？還什麼魔怪的？你們都是幹什麼的？」

「你説這是你的牧場？」南森怎麼看這個人也不像是個魔怪的同夥，當然，更不是魔怪，「那你是米爾遜？」

「對呀。」那人立即説，「你們是誰？到我的牧場幹什麼？你們怎麼認識我的？你們這幫英國佬，跨國綁架嗎……」

「可能是個烏龍。」南森意識到了什麼，他先是看看小助手，隨後望着米爾遜，「如果你是米爾遜，沒有收到你太太的電話嗎？讓你先住到酒店去。」

「當然收到了，在奧斯陸的時候她就說先不要回家，回來先去酒店，可又不說為什麼，真是莫名其妙。」米爾遜抱怨着，「我為什麼要先去酒店？這是我的家，是我的牧場，我的牧場下午又被砸死一頭奶牛，我損失了一萬多克朗知道嗎？我當然先要回來看看呀，剛開車進來，就看到你們在這裏，還把我捉來……」

「噢，看來這真是個烏龍。你不該開車燈照我們呀。」南森恍然大悟，這是真的米爾遜先生，不是魔怪也不是魔怪同夥，「哎，算了，也不能怪你。」

「他這輩子都沒有和魔怪接觸的反應。」保羅對着米爾遜掃描了一下，淡淡地說，「他不是魔怪同夥。」

「啊？」派恩愣住了，他和海倫相互看了看，海倫也一副無奈的表情。

「米爾遜先生，這是一場誤會。」南森走上前一步，「我是倫敦魔幻偵探所的南森，由你發現報警的皮特遇害案，是一宗魔怪案件，為了不引起麻煩，是我們要求這裏的居民先搬去酒店的，也要求米爾遜太太先把你叫到酒店，不能在電話裏透露這是個魔怪案件，這附近有魔怪，沒想到你沒去酒店，先回來了，事情就是這樣的。」

「噢，南森博士嗎？我聽說過。」米爾遜態度緩和了很多，「難怪，我說你們怎麼都是倫敦腔呢。皮特那件事是魔怪案件，真的嗎？貪財的貝蒙森不是幻想症發作？」

「剛才我們正在抓那個魔怪……」派恩在一邊插話，「很不幸，你出現了。」

「什麼意思？」米爾遜臉色一變。

「好了。」海倫看看派恩，對米爾遜笑了笑，「總之，非常抱歉，這是一個誤會，你最好下山去酒店，或者在屋子裏不要出來，有些事我們還沒有解決。」

「去酒店，我開車去酒店……說一聲有魔怪嘛，我又不是那種到處傳播的人……」米爾遜邊走邊拿出手機，「喂，老婆，剛開我看見南森抓魔怪了，是的，就在我們牧場，你在哪裏……啊，我過去好好和你說說，把貝蒙森他們都叫來……」

樹林這裏，南森一副沉重的樣子，保羅說經過測試，魔怪在被擊中前靜止失去信號，兩枚導彈都沒有命中。看起來魔怪已經逃之夭夭了。

「他可能逃向四面八方呢。」本傑明指着遠處的羣山，「怎麼辦呀，本來就要抓住了……」

「看來要調集幾百個魔法師大規模搜索了。」南森也是一副無奈的表情，「挪威的，瑞典的，丹麥的，英國的……搜索範圍要擴大到整個挪威南部，巨大的工程呀。」

「還不一定見效呢。」海倫小聲地説。

「喂——」米爾遜的喊聲傳來，這個聲音充滿不滿，他氣呼呼地跑了過來，「看看你們幹的好事，我的車燈都被炸爛了——」

「啊？」海倫一愣。

「你們剛才炸我的車燈，兩個全都炸爛了，一個還有框架，我換個燈還能用，另一個連框架都沒有了，成了獨眼龍了，這怎麼開出去？開出去被交通警見到要罰款的，現在都不能開到修理廠，叫拖車很貴的……」米爾遜大聲地抱怨着。

「很抱歉。」車燈是海倫炸掉的，她連忙致歉，不過她心想這也是事出有因呀，沒事誰去攻擊米爾遜的汽車車燈呀。

「米爾遜先生，你説什麼？」南森忽然眼睛放光，「你的車燈變成『獨眼龍』了？」

「是呀，一個修修還能好，另一個框架都沒有了……」米爾遜不解地看着南森。

「還來得及，來得及。」南森説着看着斯維克山的山

頂，比劃了一下，「從這邊出發，要繞路，啊，米爾遜先生，你是本地人，你知道去斯維克山主峯山腳那裏，有沒有捷徑？」

小助手們都疑惑地看着南森。

「嗯……有……」米爾遜說，他指了指樹林後，「那裏有條小路，到山腳很快，其實這條路是我家養的山羊發現的。」

「帶我們去，我們要馬上趕到斯維克山主峯的山腳下。」南森急促地說，「及時趕到應該還來得及……」

「那就走吧。」米爾遜倒是沒有猶豫，「但是去那裏幹什麼呢？」

「路上說。」南森連忙說。

米爾遜點點頭，帶着大家向柵欄那邊走去，他想翻越柵欄過去，猛地發現柵欄少了兩根，連接柵欄的鐵絲也斷了。

「喂，這是誰幹的？」米爾遜又不高興了，「怎麼還拆我家的柵欄？白天牛會跑出去的。」

「給你補上，一定的。」海倫苦笑起來，柵欄也是她拆的，「先帶我們去主峯那裏，拜託了。」

「走吧。」米爾遜點點頭，「補好一些，要是再跑了牛，我的損失更大了。」

米爾遜帶着大家從一條小路直奔斯維克山主峯，路上，南森告訴了大家他的發現。石塊魔怪應該是有兩隻眼睛的，但是右眼部分被摔掉了，所以那裏有個三角形的缺損，而摔掉的三角形，他見到過，就在斯維克山峯頂下面那個曾經有魔怪住過的洞穴中。現在看來，石塊魔怪還在使用那個洞穴。南森記得三角形石塊的形狀和大小，顏色他記得是褐色的，剛才借着汽車燈光，他看到了石塊魔怪的顏色，也是褐色的，這種顏色的石頭在這一帶是極少見的，這不是巧合，洞穴中的石塊就是石塊魔怪的一部分，不知什麼原因摔掉了，而且是重要的眼睛部分，石塊魔怪要是逃走，一定會帶上那塊缺損，因為通過長時間、靜止的魔藥黏合，缺損部分可以和主體重新融為一體，那樣石塊魔怪不僅身體完整，而且有了兩隻眼睛，不是現在的「獨眼龍」了。

石塊魔怪如果先回洞穴帶走缺損的部分，南森他們就有機會截住它，因為那樣高的一座山，石塊魔怪上去也是要花時間的，它可不是一隻會飛的魔怪，關鍵是它耗費了魔力，累了，進入洞穴後很可能先休整一下再逃走。

「真是奇妙呀，昨天我還在奧斯陸訂購設備，今天就帶着你們去抓魔怪了。」米爾遜邊走邊説，他們開始攀爬一處陡坡，前面的峯頂已見，距離不到三百米了，「噢，真是費力，我都沒有力氣了。」

米爾遜攀爬確實吃力，忽然，他感到一陣輕鬆，身體也飄了起來，他幾下就登上了陡坡。原來是海倫對他唸輕身咒，他頓時身輕如燕。

「嗨，嗨，真不錯。」米爾遜看着爬上來的海倫，很興奮，「你這招告訴我，我去參加奧運會的跳高比賽，一定打破世界紀錄的。」

「快走吧，你這是作弊……」海倫拉着米爾遜，又開始爬坡。

沒多久，他們就來到了主峯下面，這確實是一條捷徑，比蜿蜒上山節省了大概三分之二的路程，到達主峯山腳下，南森叫大家都躲藏到一塊大石頭後面。

「老伙計，有沒有魔怪反應？」南森問身邊的保羅，保羅還沒到山腳就向那個洞穴連續發射探測信號。

「沒有。」保羅說，「不過石塊魔怪靜止時什麼魔怪反應都沒有。」

「應該是在休養，剛才它也累壞了，還差點被抓到。」南森分析道，「它比我們早到不了多長時間，也不知道我們能追來，它是要休息好了，再帶着那塊缺損離開這裏。」

「看來這個古老的魔怪洞穴它沒有放棄呀。」本傑明抬頭看着山頂說，「博士，通常是什麼魔怪使用這麼高的洞穴？」

「那種陸海兩棲的海妖多些。」南森隨口說。

「海妖？」大家全都一愣。

「對，為了觀察遠處航行的船，這裏能看更遠，鎖定目標這些海妖才能去作案。」南森說。

大家全都明白了，不過派恩一直顯得有些焦急。

「博士，我們現在是上去還是……」海倫看了看南森。

「一些人先上去守住山頂，防止它從山頂跳到山的背面逃走。」南森一直望着山頂，「這裏也要留人，防止它從這裏下山。」

「它是怎麼爬上這垂直的崖壁的呢？」本傑明仰望着山頂，疑惑地說，「飛上去的？」

「它一定有辦法的。」南森緩緩地說，「但是……不可能是飛上去的。」

「博士，你真的能確定那個魔怪跑到洞穴裏去了？」大家說話的時候，派恩有些不耐煩了，他的幽靈雷達，保羅的魔鬼預警系統絲毫沒有任何反應。

「放心吧，博士的記憶力超羣。」保羅有些漫不經心地說，「他對物體體量體型的核算能力更厲害，我想他的大腦裏都已經把那塊洞穴裏石塊放到石頭魔怪的缺損部位了，嚴絲合縫，不差分毫。」

「是這樣吧？博士？」本傑明連忙問。

南森笑了笑，沒多說話。他拉過海倫，決定和海倫爬上去，本傑明和派恩守在下面。

「動了一下——」保羅忽然小聲地說，「就一下，它大概換了個位置。」

保羅的話振奮了派恩，剛才他還有些猶豫，現在完全信服了，他激動起來，搖晃着自己的幽靈雷達。

「保羅，還是你的儀器更靈敏。我這台沒有一點反應。」

「有反應可能你沒注意。」保羅說，他有些得意，「你那畢竟是掌上型的，和我的沒法比。」

這時，南森和海倫各自站在崖壁前，相隔十米，他們要用輕身術快速登頂。

「派恩，你們的位置可以再靠後些。」南森觀察了一下地形，指着峯頂位置，「這裏要完全仰視看峯頂的情況，反倒看不清，不如退後幾十米，找個隱蔽的地方。」

「是，博士。」派恩和本傑明一起說。

「本傑明，注意保護米爾遜先生。」南森說着看看米爾遜，「米爾遜先生，一旦我們和魔怪交手，你千萬要離得遠一些。」

「我不用你們保護，我要保護這兩個孩子。」米爾遜滿不在乎地說，「還有這條會說話的小狗。」

第九章　掌心的眼睛

南森只能無奈的聳聳肩，這時來不及和米爾遜多解釋，他和海倫要快速上去。

「博士，不如我直接向洞裏發射一枚導彈。」保羅建議道。

「抓活的。」南森認真地說，隨後揮了揮拳頭。

南森和海倫在崖壁前站好，隨後相互看了看，點了點頭。

「輕輕的我輕輕地飄……」兩人各唸魔法口訣，隨後，他們的身體就像是被風吹起的紙片一樣，飄了起來。

南森和海倫身體輕了，他們扶着崖壁，身體一彈一彈地開始登頂，很快，他們就從那個洞穴兩側登上了峯頂。

地面上，本傑明他們向後退了五十米，找到一片灌木叢，隱藏在灌木叢後，他們模糊地看到南森和海倫已經站在了峯頂上。

「本傑明，我們已經到峯頂了，一切正常。」本傑明的對講機裏，傳來海倫的聲音，「你們稍候，我們勘查一下。」

「明白，你們小心。」本傑明小聲地說。

「好像是海倫，站在懸崖邊上了。」派恩舉着望遠鏡說。

「給我看看，給我也看看。」米爾遜過來搶派恩的望遠鏡。

「你看什麼？你又不會魔法。」派恩扭着身子，不想給米爾遜。

「變化太快了，可是我把你們帶來的。」米爾遜很是不高興地說，「你們還炸了我的車燈，拆了我的柵欄……」

「給他看看吧。」本傑明不耐煩地指了指米爾遜。

派恩沒和本傑明爭辯，把望遠鏡給了米爾遜，米爾遜很興奮地舉起望遠鏡，不過是向山下看。

「我的牧場呢？我的牛沒有跑出來吧？」米爾遜尋找着目標，「噢，好像看到牧場了……」

派恩和本傑明互視一下，都聳了聳肩。保羅在一邊也無奈地笑了。

峯頂上，海倫站到了懸崖邊，她的下面幾米，就是那個洞穴，南森此時在她後邊兩米處，用幽靈雷達探測着下面，但是沒有發現魔怪反應，他判斷石塊魔怪在休息，不過要抓到石塊魔怪，一定要準確地確定它就在洞穴裏。

峯頂下的洞穴裏，那個石塊魔怪就在裏面，它剛才耗費了大量魔力，還受了點傷，它想恢復一下體力，然後徹底遠離這個地方。

石塊魔怪一動不動的，它那隻獨眼閉着。它的身邊，就是那塊三角形的石塊，它和三角形石塊都是褐色的，三角形石塊，的確能嚴絲合縫地放到它的缺損部位上，形成一塊完整的石頭。

洞穴外面黑乎乎的，石塊魔怪根本就沒有想到南森他們會追來。

一個手掌緩緩地從上方探了下來，手掌是打開的，這是海倫的手掌。此時她爬在懸崖邊，手變得有幾米長，慢慢地探向洞穴，手掌心到了洞穴位置，一隻眼睛出現在她的掌心位置，向洞穴裏看着。

幾秒鐘後，手掌開始緩緩地收回，海倫掌心的眼睛也消失了，隨後，海倫的手臂恢復了正常，這是她利用魔法使用潛望式的觀察方式，觀察洞穴的情況。

「博士，它就在裏面。」海倫從懸崖邊退了幾步，站在南森身邊，「它在休息，小的石塊也在。」

「我想想看……」南森稍微猶豫了一下，他在構想最佳方案抓捕石塊魔怪。

忽然，海倫接過來的幽靈雷達輕微地震動了兩下，南森看到了這個震動，海倫連忙看着幽靈雷達熒幕，下面的魔怪開始了活動，表示魔怪反應的紅色反應柱猛烈地跳躍着。石塊魔怪似乎要走了。

「封鎖住峯頂，讓它下山。」南森迅速做出決定，「讓本傑明他們攔截它。」

主峯的山腳下，派恩正在拉扯米爾遜，要回他的望遠鏡，米爾遜不想還給派恩。

「……再讓我看一下呀，什麼山石滾落呀，原來都是魔怪，我們這裏根本就沒有山石滾落。」

「快還給我。」派恩伸手去搶望遠鏡。

「魔怪反應出現了——」保羅忽然説道，「小點聲——」

「本傑明，你們注意攔截魔怪，我們封住峯頂，它只能從你們那裏跑。」南森的話從本傑明的對講機裏傳出來。

「明白。」本傑明立即説。

派恩一把搶過望遠鏡，看着峯頂。米爾遜隱約聽到了南森的話，有些害怕地後退了幾步，保羅則對洞穴那裏探測着，他能探測出來，石塊魔怪正使用某種辦法，把三角形石塊放到自己的缺損處，看起來它要帶着這塊小石塊逃走了。

「凝固氣流彈——」峯頂上，海倫半蹲在懸崖邊，向洞穴裏拋出了一枚氣流彈。

「轟——」的一聲，氣流彈在洞穴裏爆炸，石塊魔怪被炸得撞在了石壁上，本來已經貼在缺損處的三角形石塊又掉在了洞穴裏。

「無影鋼鐵牆——」南森聽到爆炸聲，雙手一推，一堵鋼鐵牆橫出了懸崖邊，像一個巨大的蓋子，壓在了洞穴上面，但是從外面看是看不出來的。

石塊魔怪遭到攻擊，知道魔法師跟來了，它顧不得那個三角形石塊，快步衝出洞穴，隨後身體開始在崖壁上翻滾前進，相比地面或山坡，它在垂直的岩壁上翻滾速度極慢，但是確實是牢牢地依靠崖壁向上翻滾的。

「咣——」的一聲，翻滾上去五、六米的石塊魔怪重重地撞在了無影鋼鐵牆上，它差點沒站住，抖了一下，隨後換了一個方向，再次向上用力翻滾，不過隨即又撞在鋼鐵牆上。

「啊——」石塊魔怪似乎明白了什麼，不過它堅決地想着攀上峯頂，從斯維克山背面逃走，它向下翻滾了兩米，算是後退幾步，隨後加大力度，急速翻滾上衝。

「咣——」的一聲巨響，石塊魔怪重重地撞在鋼鐵牆上，這次不但沒有撞破鋼鐵牆，自己反倒控制不住，身體離開了崖壁，隨即重重地掉了下去。

「本傑明小心——它掉下去了——」南森拿着對講機，大喊着，他走到鋼鐵牆上，看到石塊魔怪掉了下去。

石塊魔怪垂直掉落了幾十米，它幾乎都控制不住自己的身體，它想吸在崖壁上，剛好它的身體撞在崖壁上，不過巨大的衝擊力不等它吸附，直接把它反彈開，繼續下落。

「小心，它掉下來了——」本傑明看到頭頂有個黑乎乎的東西正在下墜，連忙提醒派恩他們。

「轟——」的一聲，石塊魔怪再次撞在崖壁上，這次彈得更遠，它對着本傑明他們的頭頂就砸了下來。

「撤——撤——」本傑明連忙向大家呼喊，他拉着米爾遜就跑。

派恩和保羅也開始向一邊躲避，這時，峯頂上的南森收起了鋼鐵牆，和海倫唸輕身術口訣飄了下來。

「轟——」的一聲巨響，石塊魔怪重重地砸在了山腳下的一處草叢上，把那處草叢砸出了一個兩米深的坑，它隨後從坑裏反彈出來，不過身體露出半米多，便又掉進了坑裏。

本傑明、派恩和保羅小心翼翼地向那個坑走過去，米爾遜在更遠處，也跟着走了過去，半空中，南森和和海倫正依附着崖壁慢慢落下來。

本傑明第一個走過去，把頭小心地探過去，想看看石塊魔怪究竟怎麼樣了。忽然，「嗖——」的一聲，石塊魔怪從裏面跳了出來，翻滾着就向本傑明這邊衝了過來。

「啊——」米爾遜大喊起來，魔怪對着的方向就是自己的方向，派恩飛快地跳在米爾遜前面，用自己的身體掩護他。

「嗨——」本傑明大吼一聲，他也顧不得許多了，他跳在魔怪面前，猛地推出雙掌，迎擊魔怪。

「啪——」的一聲，本傑明的手掌猛擊在魔怪身上，隨即被撞飛。

「咣——」的一聲巨響，派恩把望遠鏡重重地砸了過去，望遠鏡砸在石塊魔怪身上，發出了火花，隨即散架彈開。

石塊魔怪被重物擊中，感到疼痛，衝擊力受阻，猛地緩了下來，保羅見機撲了過去，張口就咬。石塊魔怪叫了一聲，用力一甩，把保羅甩開，這時，重新站起來的本傑明衝上來，這次他沒有擊打魔怪，而是從側後方猛地一推，試圖把魔怪推倒。

魔怪差點摔倒，轉身咬向本傑明，這時，南森飛身上來。

「千噸鐵臂——」南森喊道，隨即掄起手臂砸了下去。

「咣——」的一聲巨響，石塊魔怪慘叫一聲，它覺得自己都要被砸成兩段了，這時，海倫不知從哪裏撿了一根斷枝，又狠狠地砸上來，石塊魔怪招架不住了，連忙後退幾步，轉身想跑。

「打他——打他——為我的牛報仇——」米爾遜揮着拳頭助陣，「還有我的大肥羊，值三千克朗——」

派恩和本傑明一起攔住了石塊魔怪，它再次轉身，看到保羅對着自己呲着牙，它知道南森就在身後。

「碎石攻擊——」石塊魔怪開始使用絕招，它身體旋轉起來，帶起一陣旋風，這股旋風突然面積加大，周圍十多米距離內的碎石，從地面和地下突然飛向高空，大的比手掌還要大，小的比拳頭要小，飛高十多米後，對着南森他們就砸了下來。

「懸盾——」南森看出了石塊魔怪的招數，他對着半空中的石頭一指，頓時，幾十面大小不一的盾牌出現，阻

擋着那些石塊，保護着南森他們。

「噹——噹——噹——」，一陣聲音傳來，砸下的石塊全都被盾牌擋住，一面半米長的盾牌還擋在米爾遜身前，保護着他，米爾遜很是好奇，去抓盾牌，但是抓不住。

石塊魔怪看到絕招被瞬間破解，只能轉身就跑。

「該結束了——」南森喊了一聲，追上去用雙臂狠砸，石塊魔怪慘叫一聲，被砸倒在地。

派恩衝上去按住了石塊魔怪，保羅也過去幫忙，海倫和本傑明各拿出一條綑妖繩，把石塊魔怪綑住，這個傢伙無手無腳，只靠翻滾前行，直接綑住意義不大，但是海倫在石塊魔怪的眼睛位置放了幾片大的樹葉，石塊魔怪這下什麼都看不見了，想翻滾也毫無方向。

「抓住了——」海倫提起綑妖繩，把石塊魔怪拖向南森那裏，「還真是沉——」

石塊魔怪的眼睛下就是嘴，大口地喘氣，此時它也沒什麼反抗的力氣了。

第十章　還原

「本傑明，你找根樹枝，用輕身術上山，把洞穴裏的那個三角形石塊勾出來。」南森指着峯頂的洞穴説，「那石塊它剛才一定沒有帶出來。」

本傑明答應一聲，利用輕身術飛上崖壁。

「我是倫敦魔幻偵探所的南森，你叫什麼？」南森先是彎腰看了一會腳下的石塊魔怪，隨後問道。

石塊魔怪只是喘氣，就是不回答南森的問題。

「我可以告訴你，你的最終下場。」南森冷笑起來，「你是物化魔怪，會被還原為普通石塊，不過我們能把你摔掉的那塊給你補上，一起還原為普通石塊，你們還是一體的，你少了那一塊，一定是很不舒服，對吧？」

石塊魔怪不再喘氣了，它動了動。

這時，本傑明把那塊三角形石塊拿了下來，遞給了南森，南森拿在手裏看了看，隨後放到了石塊魔怪的缺損處，果然，嚴絲合縫，兩秒鐘後，三角形石塊上出現了一隻眼睛，看着大家。

「啊——」海倫伸手去擋那隻眼睛。

「它跑不了的。」南森拉住了海倫。

「我叫諾爾。」石塊魔怪突然開口了。

「好。」南森點點頭，「一個月前，斯維克山下的人是你殺的？今天牧場的牛也是你殺的？」

「知道還問。」諾爾說。

「被你殺的人是不是手臂上傷口的血味刺激了你？據我所知，你獲取血液的來源應該是牲畜，幾百年來這裏沒有你作案殺人的記錄，我想，上千年來你應該都在這裏，或許時間更長。」

「知道還問。」

「那我就問些不知道的，你是怎麼成為一個魔怪的？原本你一定只是一塊石頭。」

石塊魔怪猶豫了幾秒，隨後簡單描述了自己的過往。它原本是住在峯頂洞穴裏的女妖所擁有的石斧，體型沒有現在這麼大，它被綁在一根樹枝上，女妖用它和附近的一些魔怪爭鬥廝殺。洞穴裏有個血池，就是南森看到的那個小水池，是女妖存放鮮血的，它經常被女妖放在裏面，為了使得它更具魔性殺傷力，女妖還對它施以法術，用魔藥浸泡，久而久之，它居然有了魔性，從一個死物變成了一個生物，也就是南森說的物化魔怪，不過那時候它的魔性還不強。

大概一千多年前，就在女妖發現它變成魔怪後，還沒想好怎麼使用它，便在斯維克山下被魔法師斬殺了，同時被斬殺的還有很多魔怪。但是峯頂的魔怪洞穴沒有被發現，它躲在裏面，吸食完了水池裏的鮮血，魔性更強大了，身體也大了很多。它的褐色，其實就是吸血所致，原本它是灰白色的，和山裏很多石頭顏色一樣。

它知道女妖是怎麼死的，所以一

直以來就是以吸食山中動物鮮血為主，想害人但是不敢。直到那天它經過山下，近距離聞到皮特的鮮血味道，實在控制不住，就砸死了皮特，吸食了鮮血，但是它不敢多吸，只吸了不到三分之一的血量，就是怕被察覺出來，就連牧場裏的動物它也是吸食一小半鮮血。

最近，山中動物減少，它把目標瞄準了米爾遜牧場裏的動物，去年的大肥羊的確也是它殺害吸血的，它下山就是想在米爾遜牧場找些機會，沒想到正好遇到去看傷的皮特。

其實，諾爾那天曾經遇到過南森他們，甚至本傑明還坐在它身上，當時它在一羣石塊中，這些石塊都是它曾經的伙伴，儘管不會説話，它還是喜歡待在它們中間，而且那個地方背陰，不會被陽光照到。只不過它當時真的把南森他們當做登山者了，它也不敢再次對人類作案，否則那天就和南森他們交手了。

至於那個三角形的缺損，是一次它在下山時，沒有掌控好，直接砸向地面，正好砸在一塊石頭上，右眼位置整個被砸得的分離主體。它找回了那塊身體的一部分，不過必須耗費很大魔力才能把它吸在身上，所以平時只能放在洞穴中。剛才它在牧場被南森攻擊，好不容易逃走後，想帶着這塊石頭遠走高飛，以後有機會再利用魔藥重新融合，可它才休息了一會，南森他們就再次趕到，這是它絕對沒想到的。

一切都真相大白了，南森讓海倫他們提着諾爾來到了大海邊，一個多小時後，兩個挪威魔法師聯合會的魔法師從奧斯陸趕到，在他倆的見證下，南森把雙手壓在諾爾身上，諾爾緊閉雙眼。

「還原物化魔怪——」南森唸着魔法口訣，隨後，他的雙手閃過藍光，諾爾頓時被藍光覆蓋，隨即渾身發顫。

半分鐘後，諾爾變得灰白，再也不動了。兩位魔法師帶有專門的儀器，對諾爾進行了檢測，它已經完全沒有了魔性，重新變回了石頭。

「扔到海裏去吧。」南森説着看看不遠處海浪拍擊着崖壁的大海。

尾聲

南森他們為曼達爾港地區剷除了這樣一個大魔怪，消除了一個大隱患，否則，不知道還有多少人受傷害。曼達爾港的人們都非常感謝南森，他們全部被授予了曼達爾港榮譽市民的稱號。

市長應廣大市民的要求，請南森他們一定要在曼達爾港多玩幾天，盛情難卻，南森他們在案件偵破後留下來遊玩，沒什麼事的莫爾德警官親自當導遊，帶着南森他們四處遊覽，飽嘗該地美食，大家都覺得這些天吃胖了。

這天傍晚，南森他們又遊玩了一天，這天他們遊覽的是斯維克山旁的那座大山，他們既興奮又疲憊地走下山，莫爾德警官去把車開過來，送他們回酒店。

忽然，前方有兩個人沿着路走來。

「不好。」本傑明叫道，「是貝蒙森和米爾遜，很難纏的，我們要不要隱身？」

「他們又不是魔怪，幹嗎要隱身？」海倫笑了，「不過確實難纏……」

「嗨——」貝蒙森先看到了南森他們，興奮地舉着手，「博士——」

米爾遜一副無精打采的樣子，跟了過來。

「我説博士呀，好幾天都見不到你們，什麼時候到我家去玩呀？」貝蒙森説，「我一直等着你們呢。」

「不去修房頂。」派恩擺着手，「堅決不去。」

「不修房頂。」貝蒙森連忙説，「市長説我發現了魔怪，還去報告給你們，立了大功，所以找人把我家屋頂修好了，不用我花錢，哈哈哈……」

「你就好了，省了一筆錢。」米爾遜看着貝蒙森説，隨後説着把南森拉過來，「博士呀，能不能幫我把石塊魔怪的爸媽或者老婆給抓來呀？」

「什麼？」南森和小助手們都愣住了。

「是這樣，我不是有些牛羊被砸死了嗎？

石塊魔怪幹的，可是保險公司不肯賠償呀。」米爾遜比劃着說，「它們說合約裏沒有這一條，魔怪害死的牲畜不賠錢，地震、火山爆發和魔怪都不在人類可控範圍內，所以不賠錢。我是想抓住它爸媽，好向它爸媽索賠，這樣我的損失還小點……」

「你這個想法……太奇怪了。」南森搖着頭，「石塊魔怪沒有親戚。」

「你仔細找找呀，也許能找到呢。」米爾遜拉着南森，「我損失好幾萬克朗呀，真不是我愛錢，我們這裏最愛錢的是貝蒙森……」

「喂，又說我，現在你才是大家公認的貪財鬼好嗎？」貝蒙森不高興了。

「是我嗎？你去倫敦報案的時候還抓蝦抓海膽，你回來的時候又抓蝦……」米爾遜立即放開南森，指着貝蒙森。

「你讓博士抓石塊魔怪的親戚，虧你想得出來——」貝蒙森毫不示弱。

「好了，好了。」南森立即站在他們中間，「停止，停止。」

海倫他們看着貝蒙森和米爾遜，都笑了起來。

推理時間

麥克警長，蘇格蘭場（倫敦警察廳）高級督察，南森和警方的聯絡人，也是一名大偵探，屢破奇案。當然，他所偵辦的都是人類世界中的案件。一起來看看他偵辦過的案件，運用你的推理能力，想一想他是如何破案的呢？

不翼而飛的珠寶

謝菲爾先生是一名著名的珠寶商，倫敦珠寶展怎麼會少了他的身影？謝菲爾先生帶了幾十件貴重珠寶，放在一個手提包裏，入住了倫敦諾頓大酒店，不過珠寶展開展的早晨，謝菲爾先生被發現倒在酒店房間裏，頭部受了重傷，而門口則躺着一名叫羅森的酒店服務生，頭部也受了傷，兩人都昏迷了。而謝菲爾先生的珠寶，全都不見了。

麥克警長帶人前來勘查現場，謝菲爾的房間還算整齊，沒有什麼明顯搏鬥跡象，謝菲爾的牀頭，還有一杯新鮮牛奶，牀頭的花瓶也安穩地立在那裏。

房間裏和房間門口，除了謝菲爾和羅森流在地板上的血跡外，幾乎顯示不出這是一個案發現場。

謝菲爾先生一直處於深度昏迷中，而羅森則醒了過來。麥克連忙去問情況。

「我也是受害者呀。」羅森歎息着，「早上，謝菲爾先生叫了一杯牛奶，我給他送去，剛站在房門前，就有個戴頭套的人衝出來，我隱約看見謝菲爾先生倒在裏面，而那人對着我的頭就是一下，我立即就暈倒了，他是誰我也看不見……」

「夠了，收起你的謊話！」麥克警長大聲地說。

「啊？」羅森愣住了。

麥克警長點破了羅森的謊言，羅森低下了頭。

請問，麥克警長為什麼說羅森撒謊？

答案：羅森說端着牛奶站在房間門口，被出來的人打倒在地，那麼那杯牛奶就不會在謝菲爾的床頭，而是倒在房門的地上。因此推斷出羅森撒謊，他參與了這宗珠寶搶劫案。

魔幻偵探所 39

奔跑的石頭

作　　者：關景峰
繪　　圖：陳焯嘉
策　　劃：甄艷慈
責任編輯：周詩韻
美術設計：李成宇
出　　版：新雅文化事業有限公司
香港英皇道499號北角工業大廈18樓
電話：（852）2138 7998
傳真：（852）2597 4003
網址：http://www.sunya.com.hk
電郵：marketing@sunya.com.hk
發　　行：香港聯合書刊物流有限公司
香港新界大埔汀麗路36號中華商務印刷大廈3字樓
電話：（852）2150 2100　傳真：（852）2407 3062
電郵：info@suplogistics.com.hk
印　　刷：中華商務彩色印刷有限公司
香港新界大埔汀麗路36號
版　　次：二〇一九年四月初版

ISBN：978-962-08-7269-3

18/F, North Point Industrial Building, 499 King's Road, Hong Kong
Published and printed in Hong Kong

魔幻偵探所